「ちちうえ！」

「え……」

　茜の陰から飛び出た子供が、高彪に駆け寄るなりその膝に抱きつくのを見て、琥珀はパチパチと瞬きを繰り返した。──父上？　　（本文より）

BBN
B●BOY NOVELS

白虎と政略結婚

迷子の仔虎と新婚夫婦

櫛野ゆい

イラスト／笹原亜美

この物語はフィクションであり、実際の人物・
団体・事件等とは、一切関係ありません。

CONTENTS

白虎と政略結婚

迷子の仔虎と新婚夫婦

晴れ渡った空の下、二頭立ての馬車が玄関ポーチにカラカラと滑り込んでくる。

屋敷から出てきた琥珀《こはく》は、先に外に出ていた高彪《たかとら》に小走りに駆け寄った。

「お待たせしました、高彪さん」

「いや、ちょうどだ。……ああ」

穏やかに微笑んだ高彪が、おもむろに琥珀の頭に手を伸ばす。ごつごつと節くれ立った大きな手で琥珀の黒髪を優しく梳《す》いて、高彪はくすりと一つ笑みを零《こぼ》した。

「……ここだけ跳ねている」

「え……っ、わ、すみません」

「いや、もう直った。君の髪は細くて綺麗《きれい》だな」

にこ、と微笑む高彪はどうやら心からそう思ってくれているらしい。琥珀は、ありがとうございますと頬を染めてお礼を言いつつ、目の前の美丈夫をこっそり見つめた。

爽《さわ》やかな秋の朝の日差しに煌《きら》めく漆黒の瞳と、その奥に浮かぶ金色の虹彩《こうさい》。なめらかな肌は褐色で、銀糸のような髪は短く清潔に整えられている。

金釦《ボタン》の光る真っ白な軍服がよく映《は》える、鍛《きた》え上げられた長軀《ちょうく》。厚い胸板も引きしまった長い手足も力強く逞《たくま》しいのに、荒々しい印象がまるでなく、悠然として見えるのは、おそらく本人の気質もあってのことなのだろう。

整った顔立ちは精悍《せいかん》そのものなのに、少し厚めの唇は優しい弧《こ》を描いていて、こちらへの思いやりに満ちている。

細められた瞳からまるで光が零れるような、穏やかな眼差《まなざ》し。

真綿で包み込むように優しい、低く深い声。

——半年前、琥珀は目の前の彼、白秋《はくしゅう》高彪のもとに嫁いだ。

四神の白虎一族の長である高彪は、普段は人間の姿をしているが、本来は美しい白銀の被毛《ひもう》を持つ白虎の獣人である。

二人は政略結婚だったが、高彪は出会ったその日からずっと琥珀のことを真摯《しんし》に思いやり、尊重し、優しく見守りながら、想いを伝え続けてくれた。

生まれ持った予知能力のせいで、それまでつらい思いをしてきた琥珀は、戸惑いながらも高彪に惹《ひ》かれ、苦難を乗り越えて結ばれたけれど、今でも時々夢みたいだと思ってしまう。

こんなに素晴らしい人と人生を共にできるなんて、幸せすぎる——。

「琥珀？　どうした？　具合でも悪いのか？」

と、じっと高彪を見つめ続けていた琥珀に、高彪が心配そうに問いかけてくる。琥珀が答えるより早く、周囲にいた屋敷の面々が騒ぎ出した。

「えっ琥珀様、大丈夫ですか!?」

「あらあら、今日はお休みになった方が……」

馬車の中にカバンを運び入れていた女中の茜《あかね》と桔梗《ききょう》が手をとめてそう言うなり、高彪のそばに控えていた執事の柏木《かしわぎ》が、屋敷の中に駆け戻ろうとする。

「すぐに医者の手配を致します！」

「だ、大丈夫です！　体調はなんともありません！」

慌てて柏木を引き留めて、琥珀は真っ赤な顔で俯《うつむ》いた。

「すみません……。その、高彪さんは今日も格好いいなあって見とれてただけなんです……」

羞恥に頬を染めて告げた琥珀に、三人が一瞬きょとんとした後、揃《そろ》ってにこにこと笑みを浮かべる。

「なーんだ、ただの仲良しさんでしたか！」

「ふふ、ご馳走《ちそう》様です」

「確かに、高彪様はどんな時も見とれるほど男前でいらっしゃいますから」

うんうんと頷《うなず》く柏木に、高彪が苦笑して言った。

「お前のそれはだいぶ贔屓目《ひいきめ》が入っていると思うぞ、

柏木」

「なにを仰《おっしゃ》いますか!!　決して贔屓目などでは!!」

大声で反論した柏木に、茜と桔梗が顔をしかめる。

「柏木さん、声大きすぎ」

「柏木くんは元気がいいんじゃなくて、ただうるさいだけだから困るわよね」

「き……、桔梗さん……」

サーッと顔を青くした柏木が、桔梗に密《ひそ》かに想いを寄せていることは、屋敷中の皆が知っている。

なんとか挽回するようなことを言ってあげられないかと言葉を探した琥珀だったが、思いつくより早く、身を屈《かが》めた高彪が耳打ちしてきた。

「……実は俺も、君に見とれていた。毎日顔を合わせているのに、毎日君の可愛さにびっくりする」

「……っ、なにを言うんですか……」

低く優しい声で紡がれた睦言《むつごと》に、琥珀はカアアッと頬を赤くする。


長身で美丈夫な高彪と違い、琥珀は小柄で華奢《きゃしゃ》な体つきをしている。高彪のもとに嫁いで少しは食べるようになったが、元々食が細く、腕の太さなど高彪の半分くらいしかない。

父譲りの琥珀色の瞳を羞恥に潤ませ、あんまりからかわないで下さい、と小声で言った琥珀だが、その呟《つぶや》きは三人組にしっかり拾われていたらしい。

「本当に仲良しさんですねぇ」

「お二人を見ているだけで、寿命が延びますわ」

「ご夫婦仲がよくて、なによりです。さ、そろそろお時間ですよ、お二人とも」

促す柏木に頷いて、高彪が馬車に向かう。

高彪の手に摑まってタラップを上がり、お礼を言った琥珀に、三人が声をかけてきた。

「行ってらっしゃいませ」

「どうぞお気をつけて」

「高彪様、琥珀様、今日の晩ご飯は芋栗南瓜《いもくりかぼちゃ》づくし

だそうですよ！」

早く帰ってきてね！　と張りきった様子でブンブン手を振る茜に苦笑して、琥珀は手を振り返した。

「楽しみにしてます。行ってきます」

――カラカラと、馬車が走り出す。

向かう先は、宮中。

琥珀は今、帝《みかど》の妃である櫻宮《さくらのみや》のもとで働いているのだ――。

◇

琥珀が櫻宮のもとに出仕《しゅっし》するようになったのは、一ヶ月前の出来事がきっかけだった。

「面《おもて》を上げよ。此度《こたび》はよくぞ、我が妃の窮地を救ってくれた。礼を言うぞ、琥珀、高彪」

御簾《みす》越しに帝から直々に声をかけられて、琥珀は一層緊張に身を強ばらせながら頭を下げる。

「……っ、勿体《もったい》ないお言葉です……！」

この日、琥珀は高彪と共に宮中へ参内《さんだい》し、帝に謁見していた。というのも数日前、琥珀は妃の櫻宮が呪詛《じゅそ》で生死の境を彷徨《さまよ》う未来を予知したのだ。

このところ櫻宮は体調を崩しがちで、帝も心配していたが、御殿医《ごてんい》もその原因を突き止められずにいた。だが、琥珀の予知を元に高彪が櫻宮の私室の床下を調べたところ、禍々《まがまが》しい血文字で綴《つづ》られた、真っ黒な呪詛の札が見つかったのだ。

すぐに札は取り除かれ、幸い櫻宮の体調も回復した。今日の参内は、そのお礼を直接伝えたいと帝に招かれたものだった。

帝に拝謁《はいえつ》し、直接言葉を交わすことは、ごく限られた者にしか許されていない。琥珀は以前、大嵐を予知した際に、琥珀の予知のおかげで被害が最小限に食い止められたからと、一度だけ帝から感謝の言葉を賜《たまわ》った。

それをきっかけに、月に一、二度、なにか国政に関わる予知をした時に参内するようにはなったが、予知能力のことを伏せておくため極秘の参内だったし、帝に拝謁するのはその時以来だ。

御簾の前に座った数名の禰宜《ねぎ》たちの突き刺さるような視線に身を強ばらせながら、琥珀は畳に手をついたまま、緊張に震える声をどうにか絞り出した。

「お役に立てて光栄です。櫻宮様がご無事で、本当によかったです」

「ああ、そなたらのおかげだ」

御簾越しに聞こえてくる帝の声には、安堵と喜びが滲《にじ》んでいる。

琥珀は直接会ったことはないが、櫻宮は琥珀より一つ年上の十九歳で、帝とは一回り年が離れている。傍系の皇族で、幼い頃から帝の許嫁《いいなずけ》として宮中で育てられたらしく、その頃から帝は彼女のことを大切にしていると聞いている。

櫻宮というのも、帝が付けた愛称だ。本名は櫻子《さくらこ》というが、宮中に仕える者は皆、帝に倣《なら》って櫻宮様と呼んでいる。

妃になって一年ということもあり、まだ子供はいないが、その寵愛《ちょうあい》は深く、仲睦まじいおしどり夫婦として国中の評判だった。

（お噂通り、帝は櫻宮様をとても大切にされているんだな……）

櫻宮が床《とこ》に臥した時も、万が一伝染病だったらと心配する周囲の反対を押し切って、公務の時以外はずっとそばについていたらしい。

帝のご心配も晴れてよかった、とほっとした琥珀だったが、ふと横を見ると、琥珀と同じように頭を下げた高彪は険しい顔をしている。どうしたのだろうと気になった琥珀だったが、それは帝も同じだったらしい。

「どうした、高彪。浮かぬ様子だな」

御簾の向こうから声をかけられた高彪が、眉根を寄せて答える。

「宮中の警備は、私の責任です。呪詛を未然に防げなかったこと、言い訳のしようもございません。まことに申し訳ございません……！」

一層深く頭を下げる高彪を見て、琥珀も慌てて低く頭を垂れる。

すると、帝の御簾の前に並んで座っていた禰宜たちがさざめき始めた。

「まこと、今回ばかりは白秋殿の失態と言えよう」

「宮中に呪詛が持ち込まれたなど、前代未聞」

「一体どのような警備態勢を敷いていたのか、お聞かせ願いたいものですな」

嫌みな響きにぐっと込み上げる怒りを堪《こら》えた琥珀だったが、その時、やわらかな声が禰宜たちをたしなめる。

「慎《つつし》みなさい。確かに宮中の警備の責任者は白秋殿ですが、私たちとて、妃殿下のご快癒を祈禱《きとう》していたにもかかわらず、誰一人として呪詛に気づかなかったではありませんか」

禰宜たちを見回してそう言ったのは、三十代前半くらいの男性だった。どうやら他の禰宜たちよりも格上の様子で、真っ白な単衣《ひとえ》と、光の当たり具合によってうっすらと紋様が浮かび上がる白い袴《はかま》を身につけている。長い髪を後ろでひとくくりにしている彼は、細身で穏やかそうな顔立ちをしていた。

（誰だろう……）

そっと顔を上げ、様子を窺《うかが》っていた琥珀だが、その時、視線に気づいた男性がこちらを向く。琥珀と目が合った彼は、おっとりと微笑んで名乗った。

「申し遅れました。私は祭祀《さいし》長《ちょう》を務めております、御手洗《みたらい》と申します。配下の者の非礼、平《ひら》にお詫び申し上げます」

「あ、いいえ……！　僕は白秋琥珀と言います」

慌てて頭を下げた琥珀に、存じております、と御手洗が頷く。禰宜たちを下がらせた御手洗は、帝に向き直って畳に手をついた。

「この度《たび》のこと、宮中の神事をお預かりする私の責任でもあります。お叱りは如何様《いかよう》にも」

頭を下げる御手洗を、御簾越しに帝が取りなす。

「よい。私も宮も、誰も罰するつもりはない。皆の迅速な対処があったからこそ、宮は無事だったのだ。そなたにも感謝しているぞ、御手洗」

「勿体なきお言葉にございます」

御手洗が深々と頭を垂れたところで、帝が改めて指示を下した。

「呪符の処分は御手洗、そなたに一任する。解呪《かいじゅ》が済み次第、高彪に届けよ。高彪、そなたは引き続き、犯人の特定に全力を注ぐように。我が妻を狙った不届者を決して許すな」

「は……！　必ずや見つけ出します」

厳しい表情で、高彪が誓う。その横顔を見つめて、琥珀はくっと唇を引き結んだ。

（……僕も、高彪さんの力になれたらいいのに）

今回、櫻宮を狙った呪詛に気づけたのはよかったが、琥珀の予知能力は偶然に頼るところが大きい。しようと思ってできるものではないし、必ずしも見たい未来を見られるわけでもないのだ。

自分がもっとこの力を自在に使えたら、犯人が宮中に呪詛を仕掛ける前に、危険を察知できたかもしれない。もし未然に防ぐことができていたら、櫻宮が苦しむことはなかったし、高彪が禰宜たちからあんなことを言われたり、犯人探しをする必要もなかった――。

自分の力不足を悔しく思った琥珀だったが、その時、帝が声をかけてくる。

「時に、琥珀。そなたに一つ、頼みたいことがあるのだが」

「あ……、はい。どのようなことでしょうか」

はっと我に返り、姿勢を正した琥珀に、帝は思いがけないことを告げた。

「うむ。実は、今回のことで櫻宮が気鬱《きうつ》になってしまっていてな。できればしばらくの間、宮の話し相手になってやってほしいのだ」

「宮様のお話し相手……、僕がですか？」

驚いて思わず身を起こし、慌てて平伏しようとした琥珀を、そのままでよいと制して、帝が言う。

「櫻宮は、外の世界を知らぬ。女学校に通ってはどうかと勧めた時も、私のそばにいたいと言って宮中に留まってくれた。もちろん、それも宮の本心だろう。だが、外の世界を知りたくないわけではないと思うのだ」

思いやりに満ちた帝の言葉に、琥珀はかつての自分を思い出す。

琥珀もまた、幼い頃からずっと義父の屋敷に閉じ込められて育った。櫻宮は自分の意思で宮中に留まることを選んだようだが、それでも周囲からの期待や圧力を感じずにはいられない立場だ。

なんのわだかまりもなく、帝の許嫁としてあるべき姿、取るべき行動を受け入れられたとは思えない。

御簾の向こうで、帝が声を曇らせる。

「故に、私はこれまで櫻宮が様々な者と面会し、話を聞けるよう、取りはからってきた。だが、此度の犯人が捕まるまでは、宮に近づく者は制限せねばならぬ。宮が落ち込んでおるのは、自分が狙われたことだけでなく、それもあってのことだろう」

「それで、琥珀を話し相手に、ですか……」

身を起こした高彪が、複雑そうな表情で唸《うな》る。あ、と頷いて、帝が改めて琥珀に問いかけてきた。

「櫻宮にも聞いてみたが、琥珀さえ承知してくれるなら是非《ぜひ》にとのことだった。いかがであろうか、琥珀。そなたの都合のよい時で構わぬから、しばらく宮のもとに定期的に通ってはくれぬか」

「あ……、ええと……」

どうしようか答えを迷った琥珀だが、その時、御手洗が躊躇《ためら》いがちに声を上げる。

「少しよろしいでしょうか。確かに琥珀殿は今回の件を未然に防いだ立役者ですし、身元も確かです。ですが、いくら琥珀様が高彪様のご伴侶とはいえ、侍従《じじゅう》でもない男性が宮様のもとに足繁く通うとなると、眉をひそめる者も出てくるのではないでしょうか。あるいは帝の御威光に傷がつくことになるかもしれません」

心配そうに言う御手洗に、帝が答える。

「そうかもしれぬ。だが私にとっては、名や外聞よりも、櫻宮の気が晴れることの方が大切だ」

きっぱりとそう言いきった帝に、琥珀は胸が熱くなるのを感じた。

(帝は本当に、櫻宮様のことを想っていらっしゃるんだ……)

まっすぐに妃を想う帝に感動してしまった琥珀同様、御手洗も感じ入った様子で頭を下げる。

「余計な差し出口でした。申し訳ありません」

「いや、私を案じての忠言、感謝するぞ、御手洗」

帝が鷹揚《おうよう》に答えたところで、高彪が琥珀にそっと問いかけてくる。

「琥珀、君はどうしたい？」

「あ……、僕は……」

「君がどうしたいか、率直にお答えするといい。今結論が出ないなら、考える時間をいただこう」

「……いえ、どうしたいかは結論が出ています」

気遣ってくれる高彪に、ありがとうございますとお礼を言って、琥珀は帝に向き直った。

「陛下。僕でよければそのお話、お受けしたく思います」

「おお、引き受けてくれるか、琥珀」

琥珀の答えを聞いた帝が、ほっと安堵したように声を上げる。はい、と頷いて、琥珀は続けた。

「櫻宮様を思う陛下のお気持ち、とても感動しました。僕で櫻宮様のご不安を晴らすことができるかは分かりませんが、少しでも気が紛れるなら陛下と櫻宮様のお力になりたいです」

帝のお妃様相手に、なにを話せばいいのかなんて分からない。だが、たとえ琥珀がうまく話せなくても、普段接することのない人間と会えば、櫻宮も少しは気晴らしになるかもしれない。

(それに、僕はこれまで、身近な人たちに関することを予知することが多かった。もしまだ櫻宮様に危険が迫っているとしたら、近くにいればなにか予知ができるかもしれない)

自分でもいつなにを予知するか分からないから不確かなことは言えないし、第一櫻宮の身辺は高彪が以前にもましてしっかり警護しているから、自分の出る幕などないかもしれない。でも、それならそれでいいし、予知能力以外でも、櫻宮のもとに通うことでなにか犯人に繋がる手がかりに気づくことができるかもしれない。

(少しでも高彪さんの役に立てる可能性があるなら、引き受けたい)

まっすぐ高彪を見つめて、琥珀は少し躊躇いがちに問いかけた。

「駄目……、でしょうか？　高彪さん」

「…………」

黙り込んだ高彪は眉間に皺《しわ》を寄せ、難しい顔をしている。おそらく、琥珀の身に危険が降りかからないか心配してくれているのだろう。

高彪は、琥珀が宮中にたまに参内することになった時も、とても心配してくれた。琥珀は予知をした後に体調を崩してしまうことが多かったし、それでなくとも予知能力者というだけで好奇の目に晒《さら》され、よからぬ連中に目をつけられやすい。だからこそ、これまで琥珀の参内は極秘だったし、頻度も低かった。

だが、櫻宮の話し相手となれば、今まで以上に宮中に通うことになるだろう。

(高彪さんの役には立ちたいけど、余計な心配はかけたくない……)

高彪が危険だから駄目だと判断したなら大人しく引き下がろうと考えながら返事を待っていた琥珀だが、高彪は琥珀の視線に気づくと、ふっと笑みを浮かべて言う。

「そんなに心配そうな顔をするな、琥珀。俺が君のやりたいことを否定するわけがないだろう？」

「高彪さん……、じゃあ……！」

パッと表情を明るくした琥珀に、高彪が頷く。

「ああ。どうしたら君の身の安全を確保できるかを考えていた。君の為になにができるか、それを考えるのが夫の俺の務めだからな」

優しく目を細めた高彪が、御簾の方に向き直り、軽く頭を下げて言う。

「……陛下。琥珀が宮中に通うにあたって、お願いしたき儀がございます」

「ああ、そなたの愛しい琥珀殿の為だからな。なんなりと申せ」

くっくっと苦笑しつつ言う帝は、どうやら高彪とはかなり気安い仲らしい。こんな軽口も仰るんだと驚いた琥珀だったが、高彪は帝のからかいを慣れた様子でさらりと受け流して言った。

「ではお言葉に甘えて、琥珀の身元は伏せさせていただきたく思います。私の伴侶だということが明らかになれば、よからぬ思惑を抱く輩《やから》が湧きかねませんので」

「なるほど、確かにな。だがそうなると、琥珀殿が宮のもとに通うのに、なにか都合のいい身分と理由を用意した方がよいだろう」

いくら外聞よりも櫻宮が大事とはいえ、さすがに帝の妃のもとに謎の男が出入りするというわけにはいかない。

高彪の言葉に理解を示しつつも、悩ましいと唸った帝だったが、その時、御手洗が口を開く。

「でしたら、琥珀殿には表向きは侍従として通っていただく、というのはいかがでしょうか」

「……侍従、ですか」

思いがけない提案に驚いた琥珀に頷いて、御手洗が帝の方に向き直る。

「私の遣いとして宮様のもとへ通っていただくことも考えましたが、そうなると私の侍従たちに琥珀殿のことを含めおく必要があります。琥珀殿の身元を知る者を最小限にとどめるのなら、いっそ宮様のご親戚筋の方ということにして、週に二、三日程度、宮様のお話し相手として通ってくる、特別な侍従としてはいかがでしょうか」

御手洗の案を聞いた帝が、思案しつつ琥珀に問いかけてくる。

「なるほど。それなら、実際には侍従の勤めをせずとも済むし、出仕の間隔も調整がきくであろう。給金という形で謝礼も渡せるであろうしな。琥珀殿、そなたの都合に合わせて週に幾日か通ってきてもらう、という形でどうだろうか」

「あ……、ええと……」

思わぬ厚遇を提示されて、琥珀は戸惑ってしまう。

ありがたい話だし、二人がそこまで考えてくれて嬉しい。だが――。

「……琥珀」

と、その時、隣に座《ざ》していた高彪が琥珀の背にそっと手を添えてくる。顔を上げた琥珀に、高彪は優しく目を細めて言った。

「思うところがあるなら、遠慮せずお伝えしてみたらいい。君はどうしたい？」

「高彪さん……。ありがとうございます」

微笑みかけてくれる高彪に、琥珀はほっと肩の力を抜く。

やっぱり高彪は、自分のことを一番よく分かってくれている――。

琥珀は高彪に微笑み返すと、改めて帝に告げた。

「……陛下、それに御手洗様も、色々考えて下さってありがとうございます。ですが、勝手を言って申し訳ないのですが、特別扱いはなるべくしていただきたくないんです」

帝も御手洗も、琥珀に配慮して先ほどの提案をしてくれたのだろう。

だが、特別扱いされればどうしても目立ってしまうし、こちらとしても落ち着かない。

「もし侍従としてしばらく通わせていただけるのであれば、他の皆さんと同じ扱いにしていただけないでしょうか。お役に立てるかは不安ですが、機会をいただけるなら是非働いてみたいんです」

ごく普通の侍従ならば目立たないだろうし、櫻宮のもとに出入りしていても誰も不審がらないだろう。

それに、琥珀は物心ついた頃からずっと義父によって屋敷に閉じ込められ、外に出ることのないまま高彪に嫁がされた為、社会経験がない。自分にもできるかどうか不安はあるが、機会をもらえるのなら働いてみたい。

「侍従として働いていれば、櫻宮様のご都合のいい時に呼んでいただけるとも思いますし……。……駄目でしょうか、高彪さん」

高彪は遠慮せず意見を言っていいと言ってくれたが、それでも琥珀は今、白秋家の人間だ。外に働きに出るにはやはり高彪の許可がいるだろうと、おずおずと聞いた琥珀だが、高彪はやわらかく微笑んですぐに頷いてくれた。

「もちろん、いいに決まっている。言っただろう。君の為になにができるか、それを考えるのが夫の俺の務めだ、と。なんであれ、俺は君がしたいことを全力で応援する」

「あ……、ありがとうございます」

この上なく優しく微笑まれて、琥珀は顔を赤らめてしまう。

若干呆《あき》れを含んだ声で、帝が苦笑を零した。

「琥珀殿を前にしたお前は、私の知るお前とはまるで別人のようだな……。まあよい。では琥珀殿、そなたの望み通り、侍従として通ってもらえるだろうか。櫻宮の話し相手ばかりか、侍従としても勤めてもらうというのは、ちと心苦しいが」

「いえ、願ってもないことです。ありがとうございます、陛下」

御簾の向こうに向かって頭を下げた琥珀に、御手洗もおっとりと微笑んで声をかけてくる。

「なにかあれば私も力になりますから、いつでもご相談下さい。普段は奥の神殿におりますが、宮様のもとへは祭祀のご相談などでたまに伺《うかが》っておりますので」

「はい、ありがとうございます、御手洗さん」

お礼を言った琥珀に続いて、高彪も二人に頭を下げる。

「琥珀がお世話になります。よろしくお願い致します」

「うむ。だがそうなると、琥珀殿には別の名が必要になるな」

琥珀の名前は、高彪との婚礼の際に新聞に記事が載ったこともあり、広く知られている。幸い写真の掲載は高彪が差しとめた為、顔を知る者は限られているが、琥珀の名前を聞けば、誰もが四神の白秋家当主の伴侶だとすぐ気づくだろう。

少し思案した帝が、ふむ、と思いついたように言う。

「竜胆《りんどう》、という名はどうだ?」

「……ああ、陸奥《むつ》の花ですか」

すぐに命名の意図を察したらしい高彪が、ふっと微笑んで琥珀に説明してくれる。

「陸奥には、琥珀の採掘場がある。竜胆も有名で、帝のもとには毎年、美しい竜胆が送られてくるんだ」

「櫻宮は花が好きでな。陸奥の竜胆は殊《こと》の外《ほか》気に入っていて、毎年楽しみにしているのだ」

妃のことを語る帝の声は、どこまでも穏やかで優しい。琥珀は弾んだ声でお礼を言った。

「そんな素敵な由来の名前をいただけて嬉しいです。ありがとうございます、陛下」

「では、氏《うじ》は鳥野《とりの》ではいかがですか。竜胆の花を愛《め》でる和歌が由来です」

にこやかに提案してくれた御手洗に、琥珀は仮の名を繰り返して頷いた。

「鳥野竜胆……。はい、是非その名前でお願いします。御手洗さんも、ありがとうございます」

「気に入っていただけてなによりです」

にこ、と微笑んだ御手洗にもう一度お礼を言って、琥珀は隣の高彪を見上げる。

よかったな、とやわらかく細められた視線に微笑み返して、琥珀はこれから始まる宮中での勤めに胸を高鳴らせたのだった。

◇

色づき始めた木々の葉が、やわらかな朝陽に美しく照り輝いている。

宮中の要所を繋ぐ石畳の小径をカラカラと軽やかな音を立てて進む馬車の中、琥珀は隣に座る高彪に夢中で話しかけていた。

「それで、昨日は御所《ごしょ》のお池に今季初めての鴨《かも》が来ていたんです。急いで櫻宮様にお知らせに上がったんですけど、宮様をご案内した時にはもう、どこかに飛んでいってしまったみたいで……」

「それは残念だったな」

くすりと笑う高彪の手は、琥珀の手としっかり繋がれている。温かく大きなその手をきゅっと握り返して、琥珀は強く頷いた。

「そうなんです。だから、今度見かけたら絶対目を離さないように一人が見張って、もう一人が櫻宮様をお呼びしに行こうって晴太《はるた》くんと言っていて」

——琥珀が帝から櫻宮の話し相手になってほしいと直々に頼まれて宮中に通い始めてから、一ヶ月が過ぎた。

櫻宮の侍従となった琥珀は、週に五日、こうして通いで出仕し、主に庭の手入れや文書整理、文の付け届けなどの仕事を請け負っている。

どうにか仕事にも慣れてきた琥珀だが、それはひとえに先輩侍従の晴太のおかげだ。

琥珀より一つ年上の井上《いのうえ》晴太は、数年前から櫻宮の侍従として勤めており、琥珀の教育係でもある。気さくで兄貴肌な晴太は、働くということ自体に不慣れな琥珀に根気強く仕事を教えてくれて、琥珀がなにか失敗してもいつも手助けしてくれていた。

「晴太くん、すごいんですよ。宮様のお庭のことならなんでも知っているんです。花も木も、渡り鳥の名前も、その場ですぐ教えてくれて……」

「そうなのか、それは確かにすごいな」

目を輝かせながら話す琥珀に、高彪が目を細めて相槌《あいづち》を打つ。

琥珀はふと、先ほどから自分ばかりが喋《しゃべ》っていることに気づいて、高彪に謝った。

「あ……、すみません、つい夢中で喋ってしまって。着くまで静かにしていますね」

高彪は琥珀が出仕するようになってから、こうして馬車で送り迎えをしてくれている。彼自身も宮中に出仕しなければならないとはいえ、御所の近くまでとなると随分《ずいぶん》な回り道だ。

高彪は毎日激務だろうし、行き帰りくらいゆっくり休みたいだろうと思った琥珀だったが、高彪はやわらかく笑うと琥珀を抱き寄せて言う。

「いや、君さえよかったら話を続けてほしい。君が職場でどうしているのか聞けるのは俺としても嬉しいし、なにより俺は君の声が一等好きなんだ」

「た……、高彪さん……」

蕩《とろ》けそうに甘い声で囁かれて、琥珀は思わず赤面してしまう。

夫婦になってもう半年経《た》つというのに、未だに睦言に慣れない琥珀に、高彪がくすくす笑って言う。

「ああ、だが、他の男を褒めるのはほどほどにしてくれるとありがたいな。友人と分かっていても、つい妬《や》いてしまいそうになる」

「……もう」

軽口を叩く高彪に思わず吹き出して、琥珀はその逞しい胸元に身を寄せ、あたたかい腕の中に自分からすっぽり収まりに行った。

「僕も高彪さんの声、優しくて大好きです」

「……琥珀」

「それに、高彪さんが嫉妬《しっと》する必要なんてどこにもないです。だって、僕が高彪さん以外の人を好きになるわけないんだから」

　口にしてから急に恥ずかしくなって、琥珀は高彪にぎゅっと抱きつくと胸元に顔を埋める。ぎゅうぎゅうと顔を押しつける琥珀の髪を長い指先で梳きながら、高彪が苦笑を零した。

「琥珀、そんなにくっついたら顔が見えないだろう。ほら、こっちを向いてくれないか」

「……やです」

　照れに照れて赤くなった琥珀の耳の先に、高彪がちょんとくちづけてくる。

　びくっと過敏に反応した琥珀に、高彪はまたくすくすと笑みを零して言った。

「本当に、君は毎日びっくりするくらい可愛いな」

　と、その時、馬車がゆっくり減速し、停止する。窓の外を見た高彪が、少し残念そうに告げた。

「ああ、もう着いたみたいだな」

「あ……、じゃあ僕はここで……」

　慌てて身を離し、扉を開けようとした琥珀だが、それより早く琥珀の手をぐいっと引っ張った高彪が、身を屈めてくる。

「……っ」

　ちゅ、と可愛らしい音を立てて唇を盗んだ高彪が、満足そうな笑みを浮かべて言った。

「よし、これで今日も頑張れそうだ。琥珀も気をつけて行っておいで」

「い……、行って、きます……」

　真っ赤な顔でどうにかこうにか返事をした琥珀の背後で、失礼します、と御者《ぎょしゃ》が外から扉を開けてくれる。転がり落ちるようにタラップを降りた琥珀は、御者からカバンを受け取ると、ふうと肩で息をした。

　動き出した馬車の中で手を上げる高彪に、そっと手を振り返しつつ、顔の熱が引くのを待つ。

（毎朝のことながら、恥ずかしい……！）

　どうやら高彪は最近部下から、西洋の夫婦は行ってらっしゃいとお帰りなさいの挨拶《あいさつ》の際にくちづけを交わす習慣があると聞いたらしい。自分も毎朝毎晩、婚約者にそうしてもらっていると自慢されたのがよほど羨《うらや》ましかったのか、以来馬車での送り迎えの時に毎回必ず実行してくるのだ。

本当は琥珀からしてほしいらしいのだが、閨《ねや》でならともかく明るい昼間、しかも外で自分から高彪にくちづけるなんて恥ずかしすぎると断ったら、毎回高彪からされるようになってしまった。

もちろん琥珀も高彪とくちづけを交わすのは大好きだし、何度だってしたいけれど、ところ構わずというのは困る。

(……でも、確かに僕も、今日も一日頑張れそう)

どうにか顔の熱が引いた琥珀が、苦笑しつつ歩き出したところで――、不意に前方から声がかかる。

「……何故、白秋様の馬車から君が?」

「あ……」

顔を上げると、そこには琥珀と同じ御所勤めの侍従、田野倉《たのくら》雨京《うきょう》がいた。

涼やかな美貌の彼は貴族出身で、数年前から御所に住み込みで勤めており、年上の侍従たちからも一目置かれている、若手の侍従たちのまとめ役だ。ちょうど朝の清掃中だったのか、そばには同じ住み込み勤めの侍従たちが三人ほどいる。

琥珀は慌てて彼らに走り寄り、頭を下げた。

「おはようございます、田野倉さん！　あの、さっきのは偶然で……！　ここに来る途中で行き合って、白秋様が馬車に乗せて下さったんです！」

誰かに見られた時にはこう言おうと、あらかじめ考えておいた言い訳を口にする琥珀に、雨京と共にいた三人が面白くなさそうに口々に詰問《きつもん》してくる。

「ふーん、そう。じゃあこの間、白秋様に廊下で呼びとめられてたのは？」

「お前、この前櫻宮様にも呼ばれてたよな？」

「しかも、そのまま半刻も戻らなかったんだぜ。おい鳥野、お前どこかで怠《なま》けてたんだろう」

鋭い視線で咎《とが》めてくる三人に、琥珀は懸命に弁解した。

「それは違います。お二方とも、僕が仕事に慣れたか気にして下さっただけです。怠けてもいません。本当です」

「どうだか」

言い募る琥珀に、一人がフンと鼻を鳴らして忠告してくる。

「聞けばお前、庶民の出らしいじゃないか。白秋様も櫻宮様もお優しいからお前に声をかけて下さるけど、勘違いするんじゃないぞ」

「そうだ、本来ならお前が直接話せるような方々じゃないんだからな」

「……はい、分かっています」

差別的な物言いに反論したくなるのをぐっと堪えて、琥珀は頷いた。

今の自分は『鳥野竜胆』としてここに勤めている。正体を明かすわけにはいかないし、それにたとえ正体を隠していたとしても、四神の白秋家に名を連ねる者として言動には注意しなければならない。

貴族がどうの、庶民がどうのという彼らの考え方はどうかと思うが、ここで彼らと衝突したところでなにもならない。

複雑な思いを呑み込んだ琥珀に、それまで黙り込んでいた雨京が口を開く。

「……この御所に勤めるすべての者の使命は、帝と櫻宮様をお護《まも》りし、御所の平穏を保つことだ。それには、上下の秩序が大切になってくる。鳥野もそのことをよく肝《きも》に銘《めい》じて、言動には注意してほしい」

「田野倉さん……、はい。すみませんでした。以後、気をつけます」

三人の言い方はどうかと思うが、雨京の言葉はもっともだ。

琥珀が雨京の目を見て謝った、その時だった。

「なにしてんだよ！　寄ってたかって！」

琥珀の来た方から、誰かがそう叫んで駆け寄ってくる。後ろを振り返った琥珀は、ほっと安堵の息をついた。

「晴太くん……」

「お前ら、新人いびりなんかして恥ずかしくないのか！」

キッと猫っぽいつり目をよりつり上げた晴太が、琥珀を背に庇《かば》って雨京を睨《にら》みつける。晴太の勢いに怯《ひる》んだ三人組が、雨京の陰に隠れるようにして反論した。

「べ……っ、別にいびってなんかいない！」

「私たちはただ、鳥野に分《ぶ》をわきまえろと言っていただけで……」

「そ、そうだ。これは忠告だ」

「あ？　なんだと？」

たじたじとなった三人に、晴太がすごむ。ひ、と悲鳴を漏らす彼らを背にしていた雨京が、小さくため息をついて言った。

「井上、乱暴な物言いはよしてくれないか。それに、元はと言えば、目立つような行動をした鳥野にも責任はあるんだ」

「なに言って……！」

雨京に食ってかかろうとする晴太を、琥珀は必死にとめた。

「ま、待って下さい、晴太くん！　田野倉さんの言う通りですから……！」

「でも！」

なおも睨み続ける晴太から、ふいっと視線を外して、雨京が三人を促す。

「さ、僕たちは掃除の続きをしよう。外庭とはいえ、こう落ち葉が多くては景観を損ねるからね」

「おい、待てよ、雨京……！」

「晴太くん、もういいですから！」

自分よりもだいぶ背の高い晴太を懸命に制して、琥珀は叫んだ。

フン、と鼻を鳴らした三人が、雨京と共に去っていくのを見送って、晴太が悔しげに呻《うめ》く。

「あいつら、言いたいだけ言いやがって……。大丈夫か、竜胆。叩かれたりしなかったか？」

「大丈夫です、晴太くん。助けてくれてありがとうございます」

心配性な先輩にお礼を言って、琥珀は御所の方へと歩き出しながら聞いてみた。

「それにしても、貴族か庶民かって、そんなに気になるものなんでしょうか？　皆同じ職場の仲間なんだし、いがみ合わず仲良くすればいいのに」

田野倉はともかく、あの三人組は日頃から庶民出身の侍従たちにきつく当たっているのをよく見かける。先ほど自分に絡んできた時も、身分をわきまえろと言わんばかりの態度だった。

「生まれの違いなんてそんな、誰にもどうにもできないもので争ったって仕方ないのに……」

思わず呟いた琥珀だったが、隣を歩く晴太はそれを聞くなり、驚いたように目を丸くして言う。

「……竜胆って、なんか浮世離れしてるよな」

「え……」

なにかおかしなことを言っただろうか、とぎくりとした琥珀だったが、晴太は頭の後ろで手を組むと、のんびりと空を見上げて告げる。

「でもまあ確かに、竜胆の言う通りかもしれないな。どうにもできないもので争ったって仕方ない……、うん、確かにな。俺もそう思うよ」

琥珀の言葉を繰り返した晴太が、納得したようにうんうんと頷いて続ける。

「まあでも、あいつらが俺たちに突っかかってくるのも理由があってさ。なんでも、前に庶民出身の侍従が騒動を起こしたことがあったらしいんだ。俺はその頃新人だったから詳しくは知らないんだけど、それ以来、貴族出身の奴らは庶民の侍従を目の敵《かたき》にしてるみたいなんだよな」

「……そうなんですか」

御所の入り口で、衛兵に頭を下げつつ相槌を打った琥珀に、晴太が言う。

「ま、だからって無闇に新人いびりしていいわけないんだけどな。竜胆も、あいつらに言いがかりつけられたらすぐ、俺に言えよ。俺がちゃんと話つけてやるから」

「はい。でも、暴力は駄目ですよ」

喧嘩っ早い先輩にくすくす笑いながら釘を刺した琥珀に、晴太が分かってるって、と苦笑する。

玄関口で履物を脱ぎ、廊下に上がった琥珀は、晴太が上がるのを待って改めてお礼を言った。

「あの、晴太くん。さっきは本当にありがとうございました。取り囲まれてちょっと怖かったので、割って入ってくれてすごく心強かったです。今日も一日、よろしくお願いします」

「……竜胆」

ぺこりと頭を下げた琥珀に、晴太がガバッと抱きついてくる。そのままぐりぐりと頭を撫でられて、琥珀は笑みを零した。

「本っ当！　本っ当に可愛いなあ、竜胆は！　俺、お前と友達になれて本当に嬉しいよ！」

「ふふ、僕も晴太くんとお友達になれて嬉しいです」

御所に勤め始めた当初、自分は新入りだし、晴太は年上だからと、琥珀は晴太のことを井上さんと名字で呼んでいた。だが、仕事では先輩かもしれないが、それ以外では友達でいたいから名前で呼んでほしいと、晴太が言ってくれたのだ。

（友達ができるなんて、思ってもみなかったなあ）

長年外の世界を知らなかった琥珀にとって、晴太は初めてできた同世代の友人だ。自分こそ嬉しい、とにこにこしていた琥珀だが、その時、廊下の奥から鈴を転がすような声が聞こえてくる。

「あら、おはよう、竜胆に晴太。楽しそうね、私も混ぜていただけない？」

「櫻宮様……！」

数人の女官たちと共に歩いてきたのは、帝の妃、櫻子だった。

緋袴《ひばかま》の上から十二単《じゅうにひとえ》のような美しい装束を身にまとった彼女は、長い黒髪も相まってまるでお伽噺《とぎばなし》の中のかぐや姫のようだ。紅葉《もみじ》が漉《す》き込まれた扇子《せんす》で口元をそっと覆っているが、扇子越しでも無邪気で優しい笑みがキラキラ輝いて見える。

琥珀と晴太は慌てて互いから離れて、櫻宮に頭を下げた。

「お、おはようございます、櫻宮様！」

「朝から宮様のお姿を拝見できて嬉しいです」

「ありがとう。私も二人に会えてとても嬉しいわ」

どうぞ楽にして、と二人を促した櫻宮を、お付きの女官たちの先頭にいた一人がそっと注意する。

「宮様。あまり侍従に気安く話しかけるのは……」

「大丈夫よ、晶子《しょうこ》。この二人は、私のお友達なの。ね、竜胆、晴太」

にこにこと微笑みかけてくる櫻宮の背後で、晶子がスッと表情を消す。美貌の女官長から、分かっていますねと言わんばかりの圧をかけられて、琥珀と晴太はピッと背筋を伸ばしてしどろもどろに返事をした。

「は……、その、宮様にそう言っていただけて、とても嬉しいです……！」

「み、身に余る光栄です！」

表情に怯《おび》えを滲ませた二人を見て、櫻宮がぷくっと頬を膨《ふく》らませて後ろを振り返る。

「もう、晶子ったら。二人を怖がらせるんじゃありません。しばらく下がっていて」

「……かしこまりました」

年下の主人に叱られた晶子が、他の女官たちと共に少し離れる。

ほっとした琥珀と晴太に、ごめんなさいねと笑った櫻宮が、晴太に向き直るなり、少し拗《す》ねた様子で言った。

「それにしても、あんなふうに竜胆の頭を撫でるだなんてずるいわ、晴太。私だって竜胆の綺麗な髪を整えてあげたいのに」

「えっ」

「あ、でしたらどうぞこのまま連れていってやって下さい。上長には俺から言っておきますから」

「えっ、ちょっ」

櫻宮に髪を整えてもらうだなんて恐れ多いことこの上ないというのに、あっさりと琥珀を差し出そうとする晴太に、琥珀は慌てふためいてしまう。

「は、晴太くん、冗談ですよね？　宮様もお願いですから、からかわないで下さい……！」

「あら、私は本気よ？」

「俺もだ」

にやにやと笑う年上組に、琥珀は真っ赤に頬を染めてしまった。

「もう、二人とも意地悪です……！」

「ふふ、ごめんなさいね、竜胆。だってあなた、可愛くてからかいがいがあるんだもの」

「まったくです」

ねー、と顔を見合わせる二人には、ほぼ毎日似たようなやりとりで慌てさせられてしまっている。

今日もやられた、と内心羞恥に呻きつつ、琥珀は懸命に話題を変えた。

「……そんなことよりも！　今日こそは御所のお池に来た鴨を宮様にお見せできるよう、晴太くんと探しますから！」

「おう、頑張ろうな、竜胆」

昨日は鴨を見失ってしまったが、今日こそはと燃える琥珀と晴太に、櫻宮が微笑む。

「ありがとう、二人とも。楽しみにしてるわ。でも、無理はしないでね。焦らなくても、鴨は毎年来てくれるから」

「はい！　それじゃあ、僕たちは……」

そろそろ侍従部屋に向かいますと櫻宮に挨拶しようとした琥珀は、そこで急に持っていたカバンがぐんっと重くなって驚く。

「……っ、なに？」

なにかに引っかかったのだろうかと不思議に思いながらカバンを見やった琥珀は、目を疑った。

「え……、……え!?」

小さめの革のボストンバッグが、うごうご動いているのだ。否、よく見るとそれは、中でなにかが動いている様子で——。

ミャウ、ガウ、と聞こえてきた声に、琥珀はまさかと目を瞠《みは》った。慌ててバッグを足元に置き、がま口をパチンと開ける。すると。

「ミャウワウ！」

「ガウワウ！」

「……っ、なんで……」

息苦しかったー、とばかりに、二頭の真っ白な仔虎がプハッと顔を出したのだ。

彼らはフウとライと言って、四神の白秋家を守護する神獣である。本来は滅多《めった》に姿を現さない存在なのだが、何故か琥珀が白秋家に嫁いだ際に出現し、以来屋敷の皆に可愛がられている。

「どうして……」

(まさか、出かける時にカバンの中に潜《もぐ》り込んでたとか……!?)

きっとそうに違いないが、それにしてもここまでカバンを持ってきた間、まるで重さを感じなかったのはどういうわけか。

混乱する琥珀の横から、晴太がひょこっと顔を出して言う。

「猫……、じゃないよな？　虎？　竜胆、お前虎なんて飼ってるのか？」

「え……、えっと……」

神獣の存在は秘密ではないが、一般人にはあまり知られていない。第一、彼らが神獣だと告げたら、自分が白秋家の人間だということが晴太に知られてしまう。

どうしよう、どうすれば、と焦る琥珀だったが、その時、思わぬ人が救いの手を差し伸べてくれた。

「もしやこの仔虎は、白秋家の神獣様では？　竜胆、あなた、今朝白秋様と会いましたね？」

サッと進み出てくるなり、琥珀にそう聞いたのは、晶子だった。櫻宮のお付きの女官たちの中で、唯一琥珀の正体を知っている彼女に目配せされて、琥珀はハッとして頷く。

「……っ、はい。来る途中で行き合って、馬車に乗せていただきました」

「ではその時に、偶然あなたのカバンの中に入り込んでしまったのでしょう。神獣様は変幻自在と聞きますから、人の目に見えぬほど小さくなって、白秋様の馬車に潜り込んでいたのかもしれませんね」

さらりとそれらしい理由をでっち上げてくれた晶子に感謝した琥珀だったが、その時、櫻宮がしゃがみ込んで神獣たちに手を伸ばす。

「ふふ、なんて可愛らしいのかしら。仔虎って、こんなにふわっふわなのね！」

櫻宮の指先の匂いをくんくん嗅《か》いだフウとライが、ミャウ、ガウ、とその白い手に額を擦りつけ出す。

まあ可愛い、と目を細めた櫻宮が、冬毛に変わりつつあるフウを抱き上げ、頬ずりする様を見て、晶子がすっと真顔になった。

「……尊い」

「え……」

「今すぐ写真屋を呼びましょう。この素晴らしい光景を、是非とも記録に残さなくては……！」

帝にも急ぎ使いの者を、と周囲に指示しようとする晶子に、琥珀は慌てて声を上げた。

「いっ、いえ！　僕、この子たちを白秋様にお返ししてきます！　その、神獣様はお屋敷から長く離れるとよくないと聞いたことがありますので！」

確かに、フウにぺろんと鼻の頭を舐められてくすくす笑っている櫻宮を帝に見せたい気持ちは分かる。分かるが、そもそも神獣が写真に写るか不明だし、四神の御使《みつか》いを写真に撮ることが不敬に当たらないとも限らない。

それに、仔虎たちはやんちゃで、なにをしでかすか分からない。万が一櫻宮に怪我をさせてしまったら大変だ。

（本当はお屋敷を離れても数日くらいなら大丈夫だし、高彪さんのそばにいれば平気だけど……、でも、御所の障子《しょうじ》がビリビリにされる前に、高彪さんのところに連れていかないと！）

使命感に駆られてそう言った琥珀に、櫻宮が少し残念そうにフウをカバンに戻す。

「あら、そうなのね。それじゃあ、早く白秋様のもとに……」

そう言いながら立ち上がった櫻宮が、突然ふっと目を閉じ、ふらりと倒れそうになる。

「っ、宮様！」

「ウミャウ！」

琥珀が驚いて叫ぶのと同時に、一声鳴いたフウが跳躍《ちょうやく》し、その姿をシュッと変化させる。瞬く間に大きな白虎の姿になったフウは、倒れ込んだ櫻宮の細い体をその胴でしっかりと受けとめた。

「櫻子様！　誰か、すぐに侍医《じい》を呼びなさい！」

すかさず櫻宮に駆け寄りつつ、女官たちに鋭く命じた晶子に、櫻宮が青い顔で告げる。

「……っ、大丈夫よ、晶子。少し立ちくらみがしただけ……」

「そうであっても、一度お医者様に診《み》ていただきましょう。お怪我はありませんか？」

「ええ、平気。……あなたもありがとう」

櫻宮にお礼を言われたフウが、クルル、と喉を鳴らしてその頰に額を擦りつける。白虎の喉元を撫でた櫻宮のそばに、晴太が膝をついた。

「お部屋までお運びします。宮様、失礼します」

「あ……、僕も……！」

櫻宮を横抱きにした晴太を手伝おうとした琥珀だが、晶子にそれをやんわりととめられる。

「あなたは神獣様を白秋様のところへお連れして、よくよくお礼を申し上げて下さい。後日改めてお礼に伺いますと、お伝えして」

「……分かりました」

確かに、櫻宮を運ぶのは晴太だけで十分だろう。そもそも自分は櫻宮とそう身長も変わらないし、役に立てそうにない。

琥珀は心配な気持ちを堪えて、晴太に抱き上げられた櫻宮に声をかけた。

「宮様、どうぞお大事に。今日はゆっくりお休みになられて下さい」

「ありがとう、竜胆。……ふふ、鴨はまた今度ね」

微笑んだ櫻宮が、お願いします、と晴太に頼む。

小さい姿のままのライを抱えた琥珀は、心配そうに顔を擦りつけてくるフウと共に、ゆっくり遠ざかる一行を見送ったのだった。

◇

櫻宮の一件が思わぬ吉兆《きっちょう》だったと判明したのは、その夜のことだった。

「えっ、ご懐妊!?」

夕食と入浴を済ませ、二人の寝室に引き上げた途《と》端《たん》、高彪から明かされた事実に、琥珀は驚いて座ったばかりのソファから腰を浮かせた。ああ、と琥珀の隣で穏やかに微笑んで頷いた高彪は、屋敷の中ということもあり、今は彼の本来の姿である獣人姿をしている。

人間姿の時以上に隆々とした、筋肉質で逞しい長身巨軀。濃紺の浴衣《ゆかた》をゆったりとまとうその身は、天鵞絨《ビロード》のようになめらかで美しい白銀の被毛に指先まで覆われており、猛々しい虎の額と頬には黒い稲妻のような縞模様が走っている。

大きな口から覗《のぞ》く純白の牙と、真っ黒で鋭い爪。気高くも野性的な、金色の瞳。

執務中や敵に相対した時には刀よりも鋭く光るその瞳を優しく細めた高彪は、琥珀を自分の膝の上に座らせると、少し離れたベッドの上でライと転がり回って遊んでいるフウに声をかけた。

「初期のつわりだったそうだが、転倒していたら差し障《さわ》りがあったかもしれない。本当によく宮様をお守りしたな、フウ」

「ミャウ？」

ライの尻尾を狙っていたフウが、こてんと首を傾げる。油断した兄弟にライが勢いよく飛びかかり、あっという間にどちらがどちらだか分からない仔虎団子ができあがっていくのを横目に、琥珀はほっと胸を撫で下ろした。

「そうだったんですね……。宮様も赤ちゃんもご無事でよかったです」

本当にな、と頷いた高彪が、琥珀に詫びる。

「話すのが遅れてすまなかった。帰りの馬車の中で話そうかとも思ったんだが、宮様のご懐妊はまだ極秘だからな」

馬車の中は二人きりだが、近くには御者もいる。もちろん、白秋家に仕える者なので信頼できる人間だが、ことは今上《きんじょう》帝のお世継ぎに関わる話だ。慎重に慎重を重ねるのは当然のことだろう。

公表されるまで内密にと言われて、琥珀は頷いて聞いた。

「分かりました。でも、僕がそんな大切なことを伺ってしまってよかったんでしょうか」

「ああ。宮様が、きっと心配しているだろうから伝えてほしいと仰ったらしい。君と一緒にいた友人の侍従にも、宮様の侍女から話をしておくそうだ」

「そんな、ご自分が大変な時に、僕たちのことまでお気遣い下さるなんて……」

あの後、晴太もとても心配していたから、知らせを聞けばきっと安心するだろうが、それにしても櫻宮の気配りには頭が下がる。

「僕、少しでも櫻宮様に安らいでいただけるように、もっとお仕事頑張ります……！」

自分の膝の上に置いた手を、ぎゅっと握りしめた琥珀に、高彪が微笑んで頷く。

「そうするといい。ああそうだ、帝から琥珀にも礼を言っておいてくれと言われているから、そのうちお呼びがあるかもしれない」

「え……！　そんな、僕はなにもしてないです。櫻宮様をお助けしたのは、フウと晴太くんですから」

自分はただ動揺していただけだ。そう思った琥珀だったが、高彪は肩をすくめて言う。

「だが帝は、琥珀がいたおかげで神獣の加護を授《さず》かったと、大層お喜びだったからな。あの様子では、なにを言っても聞く耳持たないだろう。なにしろ櫻宮様のご懐妊が分かった途端、俺の執務室まで押しかけてこられたくらいの有頂天《うちょうてん》ぶりだ」

「帝がですか!?　それっていいんですか？」

いくら高彪の執務室は宮中にあるとはいえ、帝がそんなに気軽に顔を出していいものなのか。

驚いた琥珀に、高彪は苦笑して言った。

「いいわけがない。ないんだが、侍従を振り切って来たらしい。……これも内密に頼む」

困ったものだと笑う高彪は、どうやら今日はなかなかに目まぐるしい一日だったらしい。

琥珀が預けに行ったフウとライもかなりやんちゃをやらかしたようで、少し執務室を空けただけで書類はめちゃくちゃ、カーテンやソファは爪とぎでボロボロにされたと聞いている。挙げ句の果てに、犯人ならぬ犯虎たちは揃ってカーテンレールの上に登って降りられなくなり、ミャアミャア大騒ぎだったようだ。

櫻宮の懐妊という思わぬ吉報があったとはいえ、そんな騒動の中で帝まで押しかけてきたとなれば、相当忙しい一日だっただろう。

琥珀は高彪の腕の中で身じろぎすると、彼の頰をそっと撫でてねぎらった。

「お疲れ様でした、高彪さん。フウとライのこと、気づかなくてすみませんでした」

「いや、琥珀に気づかれないように大きさまで変えていたようだし、どう考えても確信犯だろう。今回はフウとライが悪い」

琥珀に撫でられて気持ちよさそうに目を細めていた高彪が、じろりとフウとライを睨む。ベッドの上で転がり回っていた仔虎たちは、高彪の視線に気づくなり顔を見合わせ、ぴゃっと逃げ出した。

細く開けていたドアから大慌てで出ていった二頭を見送って、高彪がゆったりと微笑む。

「やれやれ、ようやく君と二人きりだ」

「高彪さ、んん……」

大人げないですよと咎めようとした唇を大きな舌で舐め上げられて、琥珀は反射的に目を閉じた。

「ん、ふ……」

唇に当たるやわらかな被毛をくすぐったく受けとめながら、ちくちくとした小さな棘《とげ》のある舌をそっと舐め返す。太い首に回した腕が、やわらかくなめらかな被毛に埋まるほどぎゅっと強く高彪に抱きついて、琥珀はふわりとその体温を上げた。

（気持ち、い……）

人間姿の彼と交わすくちづけも、もちろん心地いいし大好きだが、獣人姿の高彪に抱きしめられる安心感はなににも代え難《がた》いと思う。

優しく力強い腕にすっぽり包み込まれると、なにも怖いものなんてない気がしてくる。

この人がこうしてそばにいてくれることが幸せで、自分を思ってくれていることが嬉しくて、好きで、好きでたまらない——。

「ん……、高彪さ……、まだ、話が……」

次第に深く、激しくなるくちづけに、琥珀は慌ててくちづけを解き、高彪を制した。

はふ、と息をつく琥珀の唇をぺろんと舐めて、高彪が問いかけてくる。

「ん……、なんだ、琥珀？」

「はい。……あの、朝夕の送り迎えをやめていただきたくて」

琥珀の一言に、高彪はわずかに眉根を寄せた後、いつもより低い、けれど穏やかな声で聞いてきた。

「……それは、どうしてだ？」

高彪はいつだって、琥珀の安全を第一に考えてくれている。毎日の御所への送迎も、彼が琥珀を心配してのものだ。

それでも決して頭ごなしに否定せず、きちんとこちらの話を聞こうとしてくれる夫を嬉しく思いつつ、琥珀は自分も高彪の気遣いにきちんと向き合おうと、背筋を伸ばして告げた。

「高彪さん。高彪さんが僕のことを心配して送り迎えをして下さってるのに、こんなお願いをしてすみません。でも、実は今日、仕事仲間に高彪さんの馬車から出てくるところを見られて、不思議がられてしまったんです」

本当は少し悪意を向けられてしまったけれど、そこまで言う必要はないし、自分が高彪に伝えたいのもそこではない。

琥珀は高彪の金色の瞳をじっと見つめて続けた。

「今日は、たまたま行き合ったので乗せてもらったと言いましたが、またいつ見られてしまうか分かりません。そう何度も偶然が重なってもおかしいですし、なにより、高彪さんが特定の侍従を贔屓していると思われたら大変です」

「……それで、送り迎えをやめてほしいと？」

琥珀の意図を悟った高彪が、少し難しい表情で唸《うな》る。琥珀は頷いて言った。

「はい。正直に言えば、高彪さんと一緒に過ごせる時間が減るのは、すごく寂しいです。でも、僕のせいで高彪さんが悪く言われるなんて絶対に、絶対に嫌なんです」

「琥珀……」

強い口調で告げた琥珀を、高彪が抱きしめる。はあ、と大きく息をついて、高彪は唸った。

「……すまなかった。俺の考えが足りなかった」

「高彪さん、それじゃあ……」

毎日の送り迎えをやめてくれるのかと思った琥珀だったが、高彪は意外にも首を横に振って言う。

「いや、君の送迎をやめるわけにはいかない。もし別々の馬車で行くとしても、離れていては咄嗟《とっさ》の対応が遅れてしまう。万が一君になにかあったら、俺は後悔してもしきれない」

そこは譲れない、ときっぱり言って、高彪は口調をやわらげた。

「だが俺も、俺のせいで君がつらい思いをするのは嫌だ。だから、もっと人目につきにくい場所で降ろすようにするのはどうだろうか。御者にも、周りに人目がないかどうか、今まで以上によく確認してもらおう」

「……本当に、それで大丈夫でしょうか」

今朝の出来事を思い出し、少し不安になってしまった琥珀に、高彪が複雑そうな表情で言う。

「絶対とは言えないが、それでも誰かに見られる可能性は低くなるだろう。すまない、まだ宮様に呪詛を仕掛けた犯人が捕まっていないから、どうしても心配なんだ」

「高彪さん……」

帝から恩賞をいただいたと新聞に載ったこともあり、『白秋琥珀』が櫻宮に仕掛けられた呪詛を見つけるのに一役買ったことは、広く知られている。高彪は、犯人が琥珀を逆恨みして、宮中までの道すがら襲ってくる可能性を恐れているのだろう。

琥珀はきゅっと唇を引き結ぶと、高彪を見つめて頷いた。

「分かりました。高彪さんの判断に従います」

「……ありがとう、琥珀」

ほっとしたように言った高彪が、琥珀を抱きしめてくる。長い腕に包み込まれて、琥珀はもじもじと小さな声でお願いした。

「あの……、だからその、行ってらっしゃいとお帰りなさいのあ……、あれは、くれぐれも馬車の中だけにして下さいね」

「あれ？　……ああ」

今朝も、そして夕方もしっかりやられたそれの名称を口に出すのが恥ずかしくて、ついぼかした琥珀に、高彪がふっと微笑む。

「あれ、だな。……ふ、ああ、もちろんだ」

「わ、笑わないで下さい。もう、ちゃんと分かってますか？」

くっくっと喉奥で低く笑う高彪に、琥珀は少しむくれてしまう。誰かに見られたら一大事なのに、と拗ねてしまった琥珀に、高彪がくすくす笑いながらちょんとくちづけてくる。

「もちろん、ちゃんと分かっている。これ、だろう？」

「ん……、そうじゃなくって……」

琥珀が問いたかったのはそういう意味ではないと分かっているはずなのに、わざとからかってくる高彪に、琥珀はますますむくれてしまう。

しかし高彪は、そんな琥珀も愛おしいとばかりに目を細めると、やわらかな被毛に覆われた口元で琥珀の頬や耳をはむはむと甘く喰《は》んできた。

「違ったか？　ではこれか？」

「違……っ、ふは、高彪さ……っ」

ふわふわの被毛でくすぐられて、琥珀はたまらず吹き出してしまう。

「もう、高彪さん、くすぐったいですってば……っ」

身を捩《よじ》って笑い転げる琥珀を、力強い腕でしっかりと抱きすくめて、高彪がぐるぐると機嫌よく喉を鳴らしながら言う。

「俺は君に、ずっとそうして笑っていてほしい」

「高彪さん……」

「君を守る為なら、俺はなんだってする」

誓うように告げた高彪が、そっと琥珀にくちづけてくる。すぐに忍び込んできた舌に、琥珀は夢中で応《こた》えた。

「ん……、高彪、さ……、んん……っ」

大きな舌に優しくさりさりと舐められた舌が、じんと甘い疼《うず》きを連れてくる。

時折漏れる高彪の熱い吐息に、彼もくちづけで感じてくれているのだと思うと余計に疼きが強くなって、琥珀は高彪の胸元にぎゅっとしがみついた。

「ん、は……っ、んんん……っ」

朝夕の馬車でされるそれよりももっと密度の濃いくちづけに、あっという間に体の芯に火が灯《とも》る。

この半年の間、幾度となく愛され、すっかり敏感になった体を、大きな獣人の手で浴衣の上から焦《じ》らすように優しく撫でられて、琥珀はたまらず高彪にねだった。

「高彪さん……、ベッド……」

何度抱かれていても自分から誘うのはまだ恥ずかしくて、その胸元にぎゅうぎゅうと顔を埋めながら、連れてって、と小さく呟く。

赤くなった琥珀の耳の先に鼻先を寄せ、番《つがい》の発情の匂いを確かめた獣が、ふっと嬉しそうな笑みを零して囁いた。

「ちょうど今、俺も連れていっていいか聞こうと思っていたところだ」

ちゅ、と琥珀のつむじにくちづけを落とした高彪が、逞しい腕で琥珀を軽々と抱き上げて歩き出す。

そっとベッドに横たえられた琥珀は、高彪の首元にしがみついていた腕を外されそうになって、小さく声を上げた。

「ゃ……」

「少し待っていてくれ。君の可愛い声を誰にも聞かせたくない」

困ったように、それでいて嬉しそうに琥珀をなだめた高彪が、部屋のドアへと向かう。細く開いたままだったドアをしっかり閉めて戻ってきた彼に、琥珀は気恥ずかしくなってしまった。

「……なんだかいつも僕ばっかり余裕がなくて、ちょっと悔しいです」

ドアがまだ開いたままだったことなど、自分はすっかり忘れていた。閉めてもらえて助かったけれど、年上の夫の冷静さが少し恨めしい。

　ぷいと体ごと横を向き、拗ねた声で唸った琥珀に、高彪が苦笑して言う。

「俺だって、そう余裕があるわけじゃないんだが」

「そんなの嘘です。だって……、っ！」

　反論しようとした琥珀はしかし、隣に身を横たえた高彪に後ろから抱きしめられた途端、思わず息を呑んでしまう。ごり、と後ろから琥珀の腰に兆し始めたものを擦りつけて、高彪が低く笑った。

「……だって？」

「……っ」

「こんなに甘い匂いをさせている君を前にした俺に、余裕なんてあるわけがないだろう？」

「っ、あ……！」

　ぐり、と猛った切っ先で布越しに琥珀の双丘の奥を突きながら、高彪が琥珀の浴衣の合わせに手を差し込んでくる。やわらかな被毛に覆われた長い指先で、迷いなく尖りを摘《つま》まれて、琥珀はぴくっと過敏に肩を揺らした。

「ん……っ、た、かとら、さ……っ、あ……！」

　逃げるように身を丸めた琥珀のうなじに甘く噛みつきながら、高彪が指先でくりくりとそこを優しく押し潰す。大きな牙をやわらかく食い込ませたまま、ざらりとした大きな舌で肌を舐め上げられて、琥珀は熱い吐息を零した。

「ん、は……っ、んんっ」

「ん……、琥珀、こっちを向いてくれ」

　つるつるした爪の表面で琥珀の小さな乳首をこりこりと苛《いじ》めながら、高彪が甘い声でねだってくる。

　半身を捩るなり、待ちかねたように大きな口にくちづけられて、琥珀は人間のものとはまるで違う、口いっぱいを満たすような厚い、熱い舌を夢中で吸い返した。

「高彪、さ……っ、んんんっ」

もじもじと足を擦り合わせ始めた琥珀に、高彪が金色の目を細めて手を伸ばしてくる。

するりと帯を解かれ、下着を着けていないそこを指先で直接撫で上げられた琥珀は、電流のように走った快感に爪先をきゅっと丸めた。

「ふ、あ……っ、あ……！」

「……余裕がないのは、俺の方だ」

くちづけを解いた高彪が、琥珀をじっと見つめながら囁く。蜂蜜を煮つめたような、とろりと濃い黄金の瞳には、優しく甘く、激しい欲情の色が浮かんでいた。

「俺はいつだって、君を独占したくてたまらない。もし誰かが君のこんな声を聞いたらと思うだけで、嫉妬に胸が焦げそうになる」

「あ……っ、んんんっ、あ、あ、あ……っ」

やわらかな被毛に覆われた大きな手に、後ろから熱芯を包まれ、くちゅくちゅと擦り立てられる。

あ、あ、と切れ切れに高い声を漏らす琥珀のうなじに幾度もくちづけながら、高彪はグルル……、と獣のような低い唸り声を発した。

「全部、全部俺のものにしたい……！　指先まで全部愛しても、一番奥まで俺の匂いで染めても、まだ足りない。……っ、俺の子を孕《はら》ませたい……！」

「……っ、た、かとら、さん……」

常の穏やかな彼からは想像もできないような、雄の獣欲をむき出しにする高彪に、琥珀は思わず息を呑む。動揺が伝わったのだろう、高彪がハッとして身を引こうとした。

「っ、すまない……！　今のは、その……」

「……僕も、高彪さんの赤ちゃん、欲しいです」

高彪が皆まで言い終える前にくるりと体を反転させて、琥珀は彼の言葉を遮った。

己の秘めたる欲望に、なによりも琥珀を驚かせてしまったことに狼狽《うろた》えている様子の夫に微笑みかけ、その逞しい胸元にぎゅっと抱きつく。

「僕もあなたのことを独りじめしたいし、全部愛したい。……高彪さんとの子供が欲しい」

四神の獣人である高彪は、相手が男であっても孕ませることができる。とはいえ、女性よりも妊娠の確率は低いと聞いている。

それでも、高彪が自分との間に子供を望んでくれていることが嬉しいし、自分も高彪との子供なら欲しい。

琥珀は高彪を見上げると、恥ずかしいのを懸命に堪えて誘った。

「明日はお休みだし、高彪さんさえよかったら今日はいっぱいその……、あ、愛してほしい、です」

「……っ」

「赤ちゃんができるかどうかは神様次第ですけど、でも……、ん……っ！」

結局ずっとは高彪を見つめて言えなくて、視線を泳がせつつ続けた琥珀だが、言葉の途中で高彪が琥珀の唇を奪う。

大きな白虎に食べられんばかりの勢いでくちづけられて、琥珀はたちまち甘い惑乱の渦《うず》に呑まれてしまった。

「んう……っ、は、んんっ、高彪さ……っ」

「……悪いが、今夜は寝かせてやれそうにない」

ハア、と荒く息をついた高彪が、身を起こして自分の浴衣をバサッと脱ぎ捨てる。琥珀の腕に絡まっていた浴衣も抜くと、高彪は琥珀の足を大きく開かせ、その奥にくちづけてきた。

「あ……っ、高彪さん、それ……っ」

「ん……、大人しくしていてくれ。君を傷つけたくない……」

「ひ、あ……！」

低い囁きと共に、小さな棘が無数に生えた舌が琥珀の恥ずかしい場所を舐め上げる。優しいのに強い力で押さえ込まれ、たっぷりと蜜を湛《たた》えた獣の舌をくぷんと押し込まれて、琥珀はきゅうっと爪先を丸めて身悶《みもだ》えた。

「ん、は……っ、ふあ、あ、あ……」

幾度されても慣れない羞恥に頬を染めながらも、体の力を抜いて高彪の愛撫を受け入れる。さりさりと甘やかすように奥まで進んでくる舌に、この半年ですっかり性感帯にされた隘路《あいろ》はすぐに蕩け、酩酊《めいてい》したような快楽を琥珀にもたらした。

「あ……っ、んん……っ、高彪、さ……っ」

はふ、と艶めいた吐息を零す唇に手を押し当てて喘ぐ琥珀の花茎を片手で擦り立てつつ、高彪が己の鞘《さや》を丁寧に舐め溶かしていく。

人間のそれでは到底届かない深い場所を、ざらりと舐め上げる、厚く大きな舌先。

熱芯を包む被毛や、肌に当たる牙の感触、荒い吐息に混じる低い唸りも、なにもかもが普通ではないのに、だからこそ嬉しくてたまらない。

他ならぬ高彪に抱かれている、愛されているという確かな実感に、心まで蕩けてしまう――。

「高彪さ……っ、も……、もうそこ、気持ちいい、から……っ」

熟《う》れた粘膜をとろりと伝い落ちてくる濃い蜜に奥深くまでとろとろにされて、琥珀はたまらずかすれた声でねだった。

「高彪さんも、気持ちよくなって……っ」

「ん……」

ふ、と笑みを零した高彪が、ゆっくりと舌を引き抜く。ぷっくり膨らんだ前立腺を、最後にざらりとひと舐めされて、琥珀はぴくぴくっと過敏に身を震わせた。

「あぅん……っ」

「……そんなに可愛い声で、可愛いことを言わないでくれ」

困ったように苦笑した高彪が、琥珀の内腿に甘く咬みつく。つるりとした牙とやわらかな被毛で敏感な肌をくすぐられて、琥珀は小さく息を詰めた。

「ん……っ」

「知っているだろう？　君にそんなふうに誘われたら、俺はもうひとたまりもないと」

低い声は優しいけれど、こちらをじっと見つめる黄金の瞳は艶やかに濡れ光っている。

獲物を前にした獣のような野性的な視線に、それこそもうひとたまりもなく、とろりとその身を濡らして、琥珀は高彪の首元に抱きついた。

「……っ、高彪さ……っ」

我慢できなくて、早く抱いてほしくて、でも恥ずかしくて、どうしても言葉が出てこない。けれど、獣人の高彪には言葉よりも雄弁に、匂いで琥珀の気持ちが伝わったようだった。

グルル、と喉奥で低く唸った高彪が、琥珀の耳元の匂いを嗅いで、熱いため息を零す。

「……本当に君は、誘い上手だ」

「ん……っ」

「このまま、いいか？　琥珀」

琥珀の膝をぐっと開かせた高彪が、切っ先をあてがってくる。熱く濡れた刀身で、ひくつく花弁をくちゅくちゅと乱されて、琥珀は夢中で頷いた。

「は、やく……っ、あ、……っ！」

告げた途端、反り返った熱茎にぐっとそこを強く押し開かれる。狭いそこを割り開く圧倒的な質量に、琥珀は蕩けきった声を上げた。

「あ、あ、あぁあ……！」

「っ、琥珀……っ」

くっと息を詰めた高彪が、琥珀の呼吸に合わせて、ぐ、ぐっと腰を押し進めてくる。隙間なく埋め尽くされていくのが嬉しくて、もっと奥まで来てほしくて、琥珀も懸命に息を吐き、高彪に伝わるように、彼の鼻先に耳元を擦りつけた。

「ん……っ、た、かとら、さ……っ」

「……ああ。あと、少し……っ」

琥珀の意図を正しく汲《く》み取った高彪が、匂いを確かめて一層深くまで押し込んでくる。

小さなくちづけを繰り返しながら、琥珀の望み通りすべて納めきって、高彪はふうと息をついた。荒く喘ぐ琥珀の唇をぺろりと舐め、そっと抱きしめながら聞いてくる。

「苦しくないか、琥珀?」

「大丈夫、です。……ふふ、大好き、高彪さん」

人間姿の時よりも更に体格差のある獣人姿の高彪と交わるのは、琥珀の体への負担が大きく、最初の頃は翌日に体調を崩すことがままあった。だが、最も本能的な欲求に駆られている時に人間姿を保つことは難しく、琥珀もまた、本来の姿の高彪と愛し合うことを望んだため、いつも獣人姿の高彪と交わっている。

幾度となく抱かれ、人ならざる雄を受け入れることにもだいぶ慣れたけれど、高彪は繋がる時にはいつもこうして慎重に琥珀の様子を窺い、気遣ってくれる。それが嬉しくて、目の前の彼にぎゅっと抱きついてくすくす笑う琥珀に、高彪がほっとしたように微笑んだ。

「……俺も、君を愛している。好きだ、琥珀」

「ん……、高彪さ……、ん、んん」

琥珀の呼吸が整うのを待って、大きな舌が琥珀の舌を搦《から》め捕《と》る。感じやすい根元をさりさりと舐められながら、やわらかな被毛に全身を包まれて、琥珀は心地よさにぴくんと小さく体を揺らした。

「は……、ん、んう……」

先ほど可愛がられ、甘い疼きを植えつけられた胸の尖りが、とろりと蜜を零す花茎が、ふわふわの被毛にくすぐられて、気持ちがよくてたまらない。しかもなんだか、心なしかいつもよりふかふか感が増しているような気がする。

「ん……っ、高彪さん、なんか……、前より、ふわふわ……？」

「ああ、……冬毛だ」

「んあんっ」

くすくすと笑った高彪が、ぐっと琥珀を抱き寄せ、己の腕の中にすっぽり包み込む。

密度の高い、極上の絹より更にやわらかい被毛にふわんと全部を包まれて、琥珀はあまりの気持ちよさにとろんと目を蕩けさせた。

「これ……、これ、気持ちいいです……」

「そうか？　……冬になったらもっと、気持ちよくしてやれるぞ」

「ふああ……」

これよりふわふわのふかふかだなんて、一体どんな天国だろう。想像してますますうっとりしてしまった琥珀を抱きしめたまま、高彪がゆっくり腰を送り込み始める。

「あ……、あ、んん……、気持ち、い……」

閨《ねや》の度、嫌なことやしてほしくないことはもちろん、気持ちいいことやしてほしいことも素直に声に出すよう教え込まれた琥珀は、すっかり感じるまま快楽を享受《きょうじゅ》する癖がついている。

奥を突く度、淫らになっていく声に目を細めて、高彪が低く笑う。

「ん……、君の中も、いつもよりとろとろだな」

「や……、ん、んん……っ」

からかうような囁きが恥ずかしいのに、普段は聞けない、少しだけ意地悪なのに優しい高彪の声にたまらなく感じてしまう。

きゅん、と淫らに反応した琥珀のそこを自らの砲身でゆったりと可愛がりつつ、高彪がくすくすと笑みを零した。

「琥珀がこんなに喜んでくれるなら、ずっと冬でもいいくらいだ。それに、君が気持ちいいと、俺もとても気持ちがいい……」

「ん、ん……っ、うれ、し……っ、あんっ！」

自分が感じれば感じるほど高彪も気持ちよくなってくれるなんて、そんなの幸せすぎる。

そう思ってはにかんだ途端、中に納められていた高彪がびくびくっと脈打って、琥珀は思わず高い声を上げてしまう。いっぱいに満たされたそこを内側から更に押し広げる逞しい灼熱《しゃくねつ》に、琥珀はとろりと濡れた声で喘いだ。

「あ……、んんん……っ、おっき、い……っ」

「……っ」

「た、かとらさ……っ、あん、あっ、あ……！」

「今のは君が悪い……！」

くっと目を眇《すが》めた白虎が、グルルッと低く唸るなり、猛然と腰を打ちつけ始める。

滾《たぎ》りきった剛直で、いっぱいに開いた襞《ひだ》を、疼く膨らみを、一番深い場所を容赦なく擦り立てられて、琥珀はたちまち目がくらむような快感に溺れてしまった。

「あっあっあ……っ、んんっ、高彪、さ……っ、気持ち、い……？」

「……っ、ああ、よすぎてどうにかなりそうだ」

「ん……っ、僕、も……っ」

お揃いなのが嬉しくて、同じ快楽を共有できていることが嬉しくて、気持ちがいいのに笑みが込み上げてくる。

この人と愛し合えていることが幸せで、幸せでたまらない――。

「好、き……っ、高彪さん、大好き……！」

「琥珀……！」

愛している、と低い呻きと共に、奥深くで高彪の熱蜜が弾ける。

同時に白花を咲かせた琥珀に、高彪がそっとくちづけてきた。

「ん……っ、は、んん……」

目を閉じてくちづけに応えたその瞬間、琥珀の瞼《まぶた》の裏で強い光が明滅《めいめつ》する。

（……綺麗）

この上ない幸福感に指先まで満たされながら、琥珀は流れ星のようなその光が自分の中にすうっと溶け落ちていくのを、夢心地で受けとめたのだった。

◇

思わぬ出来事が起きたのは、それから二週間後のことだった。

揃って休日だったこの日、琥珀と高彪は朝食を終えた後、居間でくつろいでいた。

「今日はどこかに出かけるか？　疲れているなら屋敷でゆっくり過ごしてもいいが……」

「それなら、一緒に散歩に行きませんか？　久しぶりに大将のらぁめん、食べたいです」

ゆったりとした革張りのソファに、獣人姿の高彪と並んで座った琥珀は、柏木の淹《い》れてくれた紅茶の入ったカップを手にそう提案する。

高彪行きつけの屋台のラーメン屋は、二人が初めて出かけた時に訪れた場所の一つで、琥珀にとっては初めて体験した外食でもある。

散歩がてら、のんびりお昼ご飯でもと提案した琥珀に、高彪が微笑んで頷く。

「ああ、それはいいな。なら、帰りに港の方に寄ってみようか。この間、隣国から大型の商船が着いたと聞いているから……」

「……っ、僕はなにもいらないですからね、高彪さん！」

ウキウキと声を弾ませた高彪に、琥珀は慌てて釘を刺す。あらかじめ言っておかないと、年上の夫は信じられない量の贈り物をしてくるのだ。

嫁いできた当初も服や靴を山ほど贈られたし、その後もなにかと理由をつけて様々なものをもらっている。もちろん贈り物は嬉しいし、どれも大切に使っているけれど、もう十分すぎる。

当面はなにもいりません、と懸命に先回りして牽《けん》制《せい》した琥珀に、高彪が苦笑して頷く。

「ああ、分かっている。店先から見るだけだ」

「……本当に見るだけですよ」

念押しした琥珀だったが、高彪は全然分かっていなかった。

「ああ。もしかしたら、君の気に入るものがあるかもしれないしな」

「…………」

「そうだ、冬用の外套をもう一着仕立てておくのはどうだ？　帰りの時間に合わせて、いつもの百貨店に来ておいてもらおう。出仕するようになったんだし、替えはいくらあってもいいだろう」

いつの間にか、店を冷やかすどころか百貨店の外商を呼んで本格的に買い物しようとしている高彪に、琥珀は思わず頭を抱えそうになる。と、その時だった。

「高彪様、琥珀様、少しよろしいでしょうか？」

控えめなノックの音と共に、部屋の外から桔梗が声をかけてくる。琥珀と共にソファに座ったまま、高彪が答えた。

「ああ、構わないが」

「失礼致します。ほら、茜も」

「…………」

ドアを開けた桔梗に促されて、茜も部屋に入ってくるが、何故だかその表情はむすっとしている。いつも元気で明るい彼女らしからぬ態度に、琥珀は戸惑って声をかけた。

「茜ちゃん？　なにかあったんですか？」

「……琥珀様はなにも悪くないです」

むーっと唇をへの字に曲げた茜は、キッと琥珀の隣の高彪を睨んで言った。

「悪いのは、高彪様です！」

「……一体どうしたんだ？」

いきなり糾弾《きゅうだん》され、瞬きを繰り返す高彪と顔を見合わせた琥珀は、茜に視線を戻して気づく。

茜の様子に気を取られて気づくのが遅れたが、彼女の背後に小さな子供がいたのだ。

年の頃は二、三歳くらいだろうか。茜のスカートにしがみつき、こちらをじっと見ているその男の子の肌は褐色で、短い髪は白銀だった。

薄浅黄の着物を着ており、宝石のように透き通った薄茶の目の奥で金色の虹彩が光っている。彼の頭には真っ白な被毛に覆われた丸い耳が二つ、ぴくぴくっとこちらの様子を窺うように震えていて――。

「わ……、可愛い。この子は？　高彪さんにそっくりですけど……」

髪や肌の色だけでなく、男の子はその顔立ちも高彪によく似ていた。

高彪のような獣人姿ではなく、パッと見は人間に近い姿だが、虎の耳も生えているし、着物の裾からは白黒の縞模様の長い尻尾の先も見えている。おそらく、白虎一族の血を引いている子供なのだろう。

高彪の親戚の子だろうかと思いつつ、琥珀は立ち上がってその子の前にしゃがみ込んだ。

「こんにちは。初めまして、お名前は?」

「…………」

だが男の子は、琥珀が笑いかけるなり目を丸くし、慌てた様子で茜の陰に隠れてしまう。妹の珠子《たまこ》で小さい子供の相手に慣れている琥珀は、苦笑して高彪を振り返った。

「恥ずかしがり屋さんみたいですね。ご親戚の子ですか?」

「いや、この子は……」

琥珀の問いかけに、驚いた表情で何事かを言いかけた高彪だったが、その時、子供がパッと表情を明るくして叫ぶ。

「ちちうえ!」

「え……」

茜の陰から飛び出た子供が、高彪に駆け寄るなりその膝に抱きつくのを見て、琥珀はパチパチと瞬きを繰り返した。——父上?

事態が吞み込めず、硬直している琥珀をよそに、茜がキッと高彪を睨んで言う。

「やっぱり! やっぱり高彪様の子なんですね! 信じてたのに! 浮気者! 最低!」

「茜、ちょっと……」

傍《かたわ》らの桔梗が茜をなだめようとするが、琥珀はそれどころではない。

(高彪さんの、子供。……子供?)

高彪の子供とは、一体どういうことか。

頭が真っ白で、うまく考えが整理できないでいる琥珀に、高彪が焦ったように声をかけてくる。

「いや、待て。誤解しないでくれ、琥珀。俺は身に覚えはない」

「でも父上って……!」

「ちょっと落ち着いて、茜」

憤慨《ふんがい》する茜の口を横から手で押さえ、強制的に黙らせた桔梗が、複雑そうな表情で説明してくれる。

「実は先ほどお庭に出たら、この子が神獣様たちと遊んでいたんです。迷い込んだのかと思って、お屋敷の周りも回ってみたのですが、近くに親御さんもいらっしゃらないようで……」

どう見ても白虎一族の子供だし、まずは高彪に報告をと思ったのだろう。

ぷは、と桔梗の手を振り解いた茜が、再び高彪を睨み据えて言う。

「……高彪様のご親戚に、こんな小さい子はいません。こんなに高彪様そっくりで、しかも父上呼びなんてもう、隠し子確定じゃないですか！」

「隠し子……」

大きく目を瞠り、茜の言葉を茫然《ぼうぜん》と繰り返した琥珀に、高彪が慌てた様子で歩み寄ろうとする。

「待て、琥珀、信じてくれ。この子は誓って俺の子じゃ……」


「……ちちうえ？」

しかしそこで、高彪の膝にしがみついたままの子供が不思議そうに高彪を見上げる。琥珀は咄嗟に高彪を手で遮ってしゃがみ込むと、にこっと子供に笑いかけた。

「僕、お名前は？」

「……こた」

「コタくん？　よし、じゃあコタくん、ちょっとだけお姉さんたちと遊んでてくれる？」

真実がどうかはひとまず置いておくとして、コタは高彪のことを父親と思っている様子だ。高彪の口から自分の子供じゃないなんて言葉、この子には聞かせられない。

琥珀の目配せに気づいた桔梗が、しゃがみ込んでコタに微笑みかける。

「コタ様、参りましょう」

「……うん……」

少し迷いながらも頷いたコタは、じっと琥珀を見つめて、こてんと小首を傾げた。

「……にぃには？」

「え？　僕？」

先ほどは人見知りしていたというのに、急にお兄ちゃんと呼んできたのは、琥珀が桔梗たちのことをお姉さんと呼んだからだろうか。

戸惑う琥珀に、コタが続けて聞いてくる。

「にぃにも、コタとあそんでくれる？」

一生懸命こちらを見つめて聞いてくるコタに、琥珀はにっこり笑って頷いた。

「……うん、いいよ。後で一緒に遊ぼう。なにがいい？　鬼ごっこかな、それともかくれんぼ？」

琥珀の問いかけに、コタがぱぁあっと顔を輝かせ、興奮した様子でぴょんぴょん跳ねて言う。

「あの、あのね！　コタ、ももたろさん、よんでほしい！」

「桃太郎《ももたろう》さんね、うんいいよ。茜ちゃん、絵本用意してもらえますか？」

絵本の読み聞かせなら、珠子にもよくしてあげていたから得意中の得意だ。

琥珀に頼まれた茜が、まだ仏頂面のまま頷く。

「……分かりました。貸本屋さんを呼んできます」

「コタ様、絵本がご用意できるまで、おやつはいかがですか？　なにがお好きかしら？」

茜の隣の桔梗が、にこにこと微笑みながらコタに尋《たず》ねる。するとコタは、ぴょんと桔梗に飛びついて元気よく言った。

「ぷりん！」

「ふふ、かしこまりました。すぐにご用意致しますね」

コタを抱き上げて立ち上がった桔梗が、茜と共に退室する。

再び二人きりになった部屋の中、琥珀は緊張しつつも高虎に向き直った。

「あの……、それで、高虎さん。あの子は……」

「俺の子じゃない」

食い気味に答えた高虎が、必死の形相《ぎょうそう》で琥珀に訴える。

「確かに、あの子はあまりにも俺にそっくりで、俺も驚いた。だが、俺に身に覚えは一切ない。……信じてくれ、琥珀」

じっとこちらを見下ろす真摯な眼差しに、琥珀は少し躊躇いつつも頷いた。

「……分かりました。高虎さんがそう言うなら、僕は信じます」

正直、とても動揺してしまっているし、まだ少し不安もある。

コタは本当に高虎によく似ているし、それに高虎のことをとても慕っている様子だった。ちちうえ、と舌足らずに高虎を呼んでいた姿を思い出すと、どうしたって胸がもやもやしてしまう。

だが、高虎はこんなことで嘘をつくような人ではない。

高虎が違うと言うのなら、きっと違うはずだ。

(まずは、高虎さんの話をちゃんと聞こう)

ざわつく心を懸命になだめてそう思った琥珀を、高虎が幾分ほっとした様子で抱きしめてくる。

「ありがとう、琥珀。……不安にさせてすまない」

常人よりも鋭いその嗅覚で、琥珀の不安を嗅ぎ取ったのだろう。

琥珀をぎゅっと強く抱きしめ、湿った鼻先をこめかみに擦りつけて呻く夫を、琥珀は苦笑して抱きしめ返した。

「謝らないで下さい。ちょっとびっくりしてしまっただけですから。でも、それならコタくんはどなたのお子さんなんでしょうか？」

茜の話では、高虎の親戚にコタくらいの年頃の子供はいないはずだということだった。

だが、コタの外見は明らかに白虎一族の血を引いている。獣人姿の高彪を父と呼ぶことからも、父親が高彪の一族縁《ゆかり》の者であることは間違いない。

心当たりはないのかと聞いた琥珀に、高彪が難しい顔で唸る。

「……もしかしたら、あの子は影彪《かげとら》叔父上の子供かもしれない」

「叔父さん、ですか？　ええと、確か数年前からあちこち放浪してるっていう……」

少し身を離して、琥珀は記憶を辿った。

高彪の近しい親族には一通り会っているが、その中でまだ顔を見たことがないのが、高彪の叔父、影彪だった。

なんでも、若い頃から放浪癖のある御仁《ごじん》で、あちこち旅をするのが好きらしい。時折手紙を寄越《よこ》すものの、常に移動している為、こちらから連絡を取ることができず、高彪と琥珀が結婚したことも告げられていないと聞いていた。

琥珀に頷いて、高彪が言う。

「ああ。影彪叔父は、俺とよく似ていてな。人間の姿の時はともかく、獣人姿の時は母上でも間違うことがあるくらいだ。それに叔父上は四年前に帰国して、しばらくこの館に滞在していた。もしあの子が叔父上の子なら時期も一致するし、なによりあの子からはとても強い力を感じた」

「力……、ですか」

高彪の一言に、琥珀は少し緊張してしまう。

四神の血を引く者は、風や水などの自然を操る人ならざる力、神力を備えている。白秋家当主である高彪は、一族随一の神力の持ち主だ。

その高彪が言うからには、コタは相当強い力の持ち主なのだろう。

「あの子に、そんな力が……」

神力の有無や強さは、普通の人間には感じ取れない。

あんな小さな子に、と驚く琥珀に、高彪が頷いて告げる。

「影彪叔父は、俺に匹敵する力の持ち主だ。あんなに力の強い子は、叔父上の子供に違いない」

話しているうちに、自分でも確信を持ったのだろう。高彪が落ち着きを取り戻した様子で続ける。

「……うん、やはりそうとしか考えられない。叔父上はかなり遊び人で、帰国の度に恋人を作っていたから、おそらくその誰かとの子だろう。すまない、琥珀。動揺して、すぐにその可能性に思い至らなかった」

「いえ、でもそうだとしたら、コタくんのお母さんはどこにいるんでしょう？」

桔梗は、コタは庭に迷い込んできた様子だったと言っていた。屋敷の周囲に親らしき人はいなかったという話だが、母親は今頃コタのことを心配して探しているのではないだろうか。

「コタくんがここにいることを早く知らせてあげないと……。まずは警察でしょうか」

届けが出ているかも、と思った琥珀に、高彪が複雑そうな表情で唸る。

「ああ、すぐに連絡した方がいいだろう。……だが、もしかしたら母親は、あえてこの屋敷にコタを置いていったのかもしれない」

「え……」

高彪の一言に、琥珀は思わず息を呑む。苦い表情で、高彪が続けた。

「もちろん迷子という可能性もあるが、これまで一族に知られていなかった子が、偶然この屋敷に迷い込むというのは、どう考えてもおかしい。それよりは、母親があの子をこの屋敷に置いていった可能性の方が高いだろう。一目で白虎の一族と分かる子供を市井《しせい》で育てることは難しいだろうからな」

「そんな……、それって、まるで……」

言葉の先を続けられなくて、琥珀は黙り込んだ。

高彪が琥珀の肩を抱いて、声をやわらげる。

「なにか事情があって、一時的に預けるつもりで置いていった可能性もある。あの子は特に怪我もしていなかったようだし、食事も十分与えられているようだった。好物はと聞かれてプリンと答える子供が、愛されていない子だとは思えない」

「……はい」

プリンは、高彪の屋敷ではよく出てくる甘味だが、新鮮な卵と牛乳をたっぷり使う為、庶民には少々高級品だ。コタが着ていた着物もきちんと仕立てられたものだったし、捨て子だと決めつけるのは早計だろう。

琥珀が落ち着いたのを察して、高彪が言う。

「とりあえず、警察に連絡しよう。それから、叔父上にもどうにか連絡をつけなければな」

叔父があの子の存在を知っていても知らなくても、どちらにせよ最低だがな、と高彪が天を仰いでぼやく。

琥珀は少し逡巡しつつ切り出した。

「……高彪さん、お願いがあるんですが」

「なんだ？」

「コタくんの前では、なるべく獣人姿でいてあげてほしいんです」

琥珀の言葉に、高彪が軽く目を瞠る。

「いや……、だが、それだとあの子が俺のことを父親だと誤解したままに……」

「誤解はいつでも解けます。それよりも今は、コタくんを安心させてあげることの方が大事です」

高彪の言う通りなら、コタの両親はすぐには現れないかもしれない。こういった場合、普通の人間の子供ならば公的機関に預けるのが一番だろうが、コタは明らかに白虎一族の血を引いている。一族の長である高彪が預かるのが筋だろう。

当面はおやつや絵本で気を紛らわせてあげられるかもしれないが、あんなに小さい子が保護者と離ればなれになって、心細くないはずがない。だが、コタは高彪のことを父だと思っている。

「コタくんが実際にお父さんと会ったことがあるのか、お母さんからお父さんの写真かなにかを見せてもらっていたのかは分かりません。でも、コタくんは獣人姿の高彪さんを、自分のお父さんだと思っています。だったら、本当のご両親が見つかるまでは、高彪さんがお父さん代わりになってあげてほしいんです」

「……だが、俺は君を傷つけたくない」

琥珀をまっすぐ見つめて、高彪がきっぱりと言う。

「俺にとって一番大切なのは琥珀、君だ」

「……その言葉だけで十分です」

どこまでも自分のことを気遣ってくれる夫を見上げて、琥珀は微笑んだ。

「ありがとうございます、高彪さん。僕は大丈夫です。高彪さんが僕のことを想ってくれてるって、ちゃんと分かっていますから」

先ほどは心の準備ができていなかったから、驚いて頭が真っ白になってしまったけれど、どうやらコタの父は高彪の叔父のようだし、そもそもコタにはなんの罪もない。

コタの両親と連絡がつくまでこの屋敷で預かることになるのなら、コタが安心して過ごせることが一番だ。

「だから、あの子の前ではお父さんの振りをしてあげて下さい。……予行練習だと思って、ね？」

はにかみつつ一言添えた琥珀に、高彪がようやく表情をゆるめる。

「分かった。俺の身内がすまない」

「謝らないで下さい。……高彪さんのせいじゃ、ないんですから」

自分に言い聞かせるようにそう言って、琥珀は高彪を抱きしめた。

ほんのわずかに残った靄《もや》のような感情を、胸の奥深くにしまい込みながら――。

◇

パチン、と剪定鋏《せんていばさみ》でダリアを摘《つ》んで、琥珀はにっこりと目を細めた。

「うん、綺麗」

やわらかな薄桃色のダリアは、御所に咲く秋の花の中でも特に櫻宮のお気に入りだ。

心優しい櫻宮は、切り花よりも地植えのまま愛でる方が好きだが、あいにく数日前からつわりで臥《ふ》せってしまっている。その為、琥珀は見頃が終わる前に櫻宮に見てもらおうと、出仕してすぐ花を摘みに庭に出ていた。

(ダリアなら香りも少ないし、おそばで楽しんでいただけるといいな)

朝露に濡れたダリアの中から特に美しく咲いた幾つかを摘んで、花束にする。用意しておいた花瓶にそれを活《い》けた琥珀は、早速櫻宮の私室へと花を届けに行った。

――琥珀が宮中に勤め始めて、二ヶ月が過ぎた。

季節は晩秋に差し掛かり、御所の侍従たちは毎日落ち葉の清掃に追われている。

懐妊した櫻宮の身の回りのお世話は古参の侍従たちが担当しており、新参の琥珀には櫻宮に直接関わるような仕事はまだ回ってこない。その分、自分は庭仕事を頑張ろうと、琥珀はここのところ高彪に頼んで早めに出仕していた。

「おはようございます。櫻宮様にお花を届けに参りました」

控えの間に詰めている顔見知りの女官に花を預けて退室しようとすると、晶子が顔を出す。

「早いですね、竜胆」

「おはようございます、晶子様。はい、この間、庭師の方から、手が空いたら松にこも巻きをしておいてほしいと頼まれたので。早速取りかかろうと思って、早めに来たんです」

冬の間、マコモで編んだ筵《むしろ》で樹木の幹を覆うこも巻きは、一見防寒対策のように見えるが、実は害虫対策の為のものだ。

高彪に嫁がされるまで、ずっと義父によって屋敷に軟禁されていた琥珀にとって、日々の楽しみは小さな庭を整えることくらいだった。その時の知識や経験がこんなところで活きるなんて思ってもみなかったが、おかげで庭師の手伝いができて嬉しい。

にこにこと笑みを浮かべた琥珀に、晶子がこちらを、と臙脂《えんじ》色の襟巻きを巻いてくれる。

「いつもよく働いてくれているお礼です。朝は寒くなってきましたからね。しっかり防寒して下さい」

「ありがとうございます、晶子様」

「いいえ。櫻宮様へのお花、どうもありがとう、竜胆。宮様もきっとお喜びになります」

怪我のないようにね、と微笑む晶子にもう一度お礼を言って、琥珀は庭仕事へと戻った。

「さて、と。とりあえず、この辺りの松から始めようかな」

琥珀があらかじめ庭師に指示されていた辺りの松の幹に筵を巻きつけ、藁《わら》で縛っていると、そこへ晴太がやってきた。

「お、おはよう、竜胆。朝から頑張ってるなあ」

「おはようございます、晴太くん」

カバンを傍らに置いた晴太が、手伝うよ、と筵を押さえてくれる。

ありがとうございますとお礼を言って、琥珀は手早く松にこも巻きを施していった。

「これでよし、と。ありがとうございました、晴太くん。おかげで早く終わりました」

「いや、俺の方こそ、いつも手伝ってもらってるから。……あ、そうだ、竜胆に渡したいものがあったんだった」

一通り終わったところで、晴太が思い出したようにそう言い、カバンを漁る。差し出してきたのは、可愛らしい小さな包みだった。

「これは？」

「金平糖《こんぺいとう》。この間、うちの妹にねだられて買ってやってさ。竜胆、今親戚の子を預かってるって言ってたから、ついでに」

「えっ、ありがとうございます！」

お礼を言って受け取った琥珀に、晴太が眉をひそめて気遣わしげに言う。

「いや、突然小さい子預かるなんて大変だろ？　親御さんとはまだ連絡取れないのか？」

「……はい」

目を伏せて頷き、琥珀は金平糖を懐《ふところ》にしまった。

――二週間前に突然現れたコタは、未だに高彪の屋敷で預かっている。

あの日、高彪が案じた通り、警察には特に迷子の届け出がなく、一族中に連絡を取ったものの、コタを知る者は誰もいなかったのだ。連絡の取れない高彪の叔父、影彪を除いて。

「僕の家族が今、人を雇って親を捜しているので、きっとそのうち連絡が取れると思うんですけど……」

眉を下げた琥珀に、晴太が呆れたように言う。

「なにか事情があるんだろうけど、随分無責任な親だよな。……っと、ごめん。竜胆の親戚だったな」

「いえ、実際、僕もそう思うので」

詫びる晴太に首を横に振って、琥珀は正直な気持ちを打ち明けた。

晴太には詳細は伏せ、突然親戚が置いていった子供を預かっているとだけ告げている。

というのも、コタを預かってすぐの頃、琥珀のカバンの中にコタが描いた琥珀の似顔絵が紛れ込んでおり、それを見た晴太に、家族に小さい子供がいるのかと聞かれたのだ。ちなみにその似顔絵は今、御所で琥珀にあてがわれている文机の上に飾っている。

「……あんなに可愛い子を置いていくなんて、よほどの事情でもない限り許せません。本当に、無責任だと思います」

おそらく姿を消してしまったのだろう母親については心配する気持ちもあるが、問題は高彪の叔父、影彪である。

（コタくんの存在も知らないかもしれないって、そんなのあんまりだ……！）

琥珀がお願いした通り、高彪が父親のように振舞ってくれていることもあって、今のところコタがそこまで寂しがる様子はない。

フウとライともすっかり仲良しで、三頭目の仔虎さながら、毎日庭中転げ回り、追いかけっこをして遊んでいる。食べ物の好き嫌いが少し激しいのが難だが、琥珀や屋敷の面々にもよく懐いていて、毎日機嫌よく過ごしてくれている。

中でもコタは、琥珀の絵本の読み聞かせが、いたくお気に召したらしい。茜と桔梗の話では、毎日夕方になると絵本を抱えて玄関に座り込み、琥珀の帰りを今か今かと待ち構えているそうだ。

『私たちが、玄関は冷えるからお部屋で待ちましょうと言っても、絶対に動いて下さらないんですよ』

『仕方ないから、いつも神獣様たちが行火《あんか》代わりにお供《とも》してるんだよね』

休みの日は琥珀にべったりで、にぃに、にぃにと一生懸命自分のあとをついてくるコタは可愛くてたまらず、だからこそ影彪に対して怒りを覚えずにはいられない。

(父親としての責任も果たさず、あんないい子を放置して放浪してるなんて……!)

静かに憤慨する琥珀の肩を、晴太が苦笑して軽く叩いて促す。

「普段怒らない奴が怒ると怖いって本当だな。まあ、連絡がつけば事情も分かるし、怒るのはそれからでもいいだろ。それより、そろそろ行こうぜ」

「……はい」

確かに、ここで琥珀が怒っていても仕方がない。

今日も仕事を頑張らないとと、晴太と共に歩き出した琥珀だったが――、御所の近くまで来たところで、なにやら喧噪が聞こえてくる。

「……なんだ?」

「なんだか皆が集まってますね」

御所の一角、開けた場所に人だかりが見える。どうしたのかと不思議に思った二人は、ちょうどそちらから歩いてきた侍従の一人に聞いてみた。

「あの、すみません。どうして皆さん集まってるんですか?」

「なにかあったのか?」

どうやら争っている様子はないが、櫻宮や帝の住まいの近くで騒ぎだなんて、穏やかではない。

琥珀と晴太から聞かれた侍従が、肩をすくめて答える。

「ああ、なんだか子供が迷い込んだらしいよ。珍しい髪と肌の色で、虎みたいな耳と尻尾もあるから、もしかして白秋家の子じゃないかって、今知らせに走ってるみたいだけど」

「え……」

思わぬ一言に、琥珀は慌てて聞いてみる。

「そ……っ、それってもしかして、三歳くらいの男の子ですか?」

「ああ、それくらいに見えたけど……」

「……っ！」

侍従の言葉を聞くなり、琥珀は矢も盾もたまらず駆け出した。

「竜胆!? なんだ、どうしたんだ!?」

背後から晴太が追いかけてくるが、答える余裕もなく人だかりに突っ込む。

「どいて！ 通して下さい！ すみません、通して！」

人垣を掻き分け、騒ぎの中心へと飛び込んだ琥珀は、侍従たちに囲まれて泣きべそをかいているコタの姿を見て、大きく目を瞠った。

「コタくん！」

「にぃに！」

琥珀が叫んだ途端、コタがぶわっと目を潤ませ、しゃくり上げる。

「にぃに……っ、にぃにぃ……！」

「どうしてここに……、ああ、おいで、コタくん」

号泣するコタに駆け寄り、琥珀は地面に膝をついてその小さな体を抱きしめた。琥珀の着物にぎゅうっとしがみついたコタが、大声で泣きじゃくる。

「よしよし、もう大丈夫だよ。知らないところに一人で怖かったね」

どうしてコタがこんなところにいるのかは分からないが、今はとにかく落ち着かせることが先決だ。

ひぐっひぐっと不規則にしゃくり上げるコタに、いい子だね、大丈夫だよと繰り返し言い聞かせながら、とんとんと背をあやしてなだめる琥珀だったが、その時、棘のある声が聞こえてくる。

「またお前か、鳥野」

振り返るとそこには、なにかと琥珀を目の敵にしてくるあの三人組がいた。

コタを抱きしめる琥珀を見下ろして、口々に聞いてくる。

「その子、白秋家縁《ゆかり》の子だろう？」

「なんでお前がその子と関係があるんだよ」

「……っ、それは……」

当然と言えば当然な疑問を投げかけられて、琥珀は言葉に詰まってしまう。

（どうしよう……、なんて言い訳しよう……）

咄嗟に適当な理由を思いつけず、視線を泳がせて黙り込んでしまった琥珀に、三人の口調が次第に剣《けん》呑《のん》さを増していく。

「なんだ、言えないのか？」

「まさかお前、また白秋様に取り入ってるんじゃないだろうな」

「思い上がるのもいい加減にしろよ！」

「そんな、誤解です！　僕はただ……、……っ」

慌てて声を上げた琥珀だが、そもそも自分が白秋家の人間だということを隠しているため、どうしても言葉が続けられない。

唇を噛んだ琥珀を見かねて、周囲の侍従たちが割って入ろうとする。

「おい、やめろよ。小さい子の前だぞ」

「とりあえず、白秋様がいらっしゃるのを待てばいいだろう」

だが、三人はなだめられて余計にカッとしたのか、周囲にまで当たり散らし始める。

「うるさい！　口出しするな！」

「お前たちは黙ってろ！」

と、そこへ、騒ぎを聞きつけたのか雨京がやってくる。

「なんの騒ぎだ！　……君か、鳥野。一体どうしたんだ？」

問いかけた雨京に、三人が口々に訴える。

「雨京、聞いてくれ！」

「こいつ、また白秋様に取り入っていて……！」

勢い込んで言う三人を手で制して、雨京が琥珀に聞いてくる。

「……本当か、鳥野？」

「それは……、……っ」

口を噤《つぐ》んだ琥珀に、雨京がため息をつく。

「黙っていたら分からないだろう。どういうことか説明を……」

と、そこで、琥珀を追ってきた晴太が人垣を掻き分けて乗り込んでくる。

「悪い、ちょっと通してくれ！　竜胆、大丈夫か⁉」

「……っ、またお前か、雨京！　一人によってたかって恥ずかしくないのか？」

「……君は黙っていてくれないか、井上」

晴太に食ってかかられた雨京が、柳眉《りゅうび》をひそめる。琥珀は慌てて二人をとめようとした。

「待って下さい、ケンカは……！」

だがそこで、雨京の背後に下がっていた三人組がしゃしゃり出てくる。

「なんだ、他人事みたいな顔して！」

「お前みたいな奴、迷惑なんだよ！」

怒りの矛先《ほこさき》を再び琥珀へ向けた三人が、琥珀に摑みかかってくる。

暴力の気配に反射的に身をすくめた琥珀が、とにかくコタを守らなければと、ぎゅっと抱きしめた、

――その時だった。

「にぃに、いじめるの、め……！」

琥珀の腕の中でもがいたコタが、三人に向き直る。目にいっぱい涙を溜めたコタは、一瞬怯んだ三人を見上げて怒りを爆発させた。

「あっちいって……ッ！」

次の瞬間、琥珀の襟に手をかけていた一人の体がふわりと宙に――、浮く。

「は……？　あ!?」

なにが起こったか分からない様子でぽかんとした彼の手が、琥珀の襟からするりと離れる。と、その途端、まるで見えない手に勢いよく突き飛ばされたかのように、彼の体がドッと後方へ吹き飛んだ。

「な……！」

驚く琥珀の目の前で、残りの二人の体もまた、ふわりと宙に浮く。

「う、浮いてる!?」

「なんだこれ……っ、うわっ！」

混乱する二人もまた、最初の一人と同じように後方に吹き飛ばされる。

一体なにが起きているのかと瞬きを繰り返す琥珀だったが、その時、腕の中のコタが再び火がついたように泣き出す。同時に、周囲の物や人間が次々に宙に浮き始めた。

「な、なんだ!?　なにが起きてるんだ!?」

「誰か……っ、誰か助けてくれ……！」

口々に悲鳴を上げて動揺する侍従たちを唖然《あぜん》と見上げて、琥珀はハッと気づいた。

「……っ、まさか……！」

こんな超常現象のようなことが起きるなんて、神力くらいしか思い当たらない。

もしかしてこれは、コタの力が暴走して起きていることなのではないだろうか。

高彪は、コタは相当強い力の持ち主だと言ってい

た――。

「コタくん……っ、コタくん、落ち着いて！」

大声で泣きじゃくるコタを抱きしめて、琥珀は懸命に呼びかけた。今のところ、侍従たちは皆少し地面から浮いているくらいだが、もし彼らが一斉に吹き飛ばされるようなことがあれば、怪我人が出てしまうかもしれない。

コタが誰かを傷つけるなんて、そんなことがあってはいけない。

「大丈夫だよ。もう誰も怒ってないから……！」

「いや……っ、いやぁああ！」

必死に呼びかける琥珀だが、コタは自分の泣き声で琥珀の声が聞こえないのか、しゃくり上げるばかりで落ち着く気配がない。

(どうしよう、このままじゃ……！)

琥珀が焦っている間にも、宙に浮いた侍従たちがどんどん上へと浮上していく。

「コタくん、こっち見て！　コタくん！」

早くどうにかしなくては、取り返しのつかないことになる。

とにかくコタを落ち着かせなくてはと、琥珀が一層強くコタを抱きしめた、次の瞬間。

パアッと琥珀の目の前が突然真っ白に光り、自分自身以外なにも見えなくなる。

『え……、な、なに？　……っ！』

抱きしめていたはずのコタの感触も掻き消え、一体なにが起きたのかと狼狽《うろた》えた琥珀だったが、不意に見下ろした自分の手がうっすらと透け、光の粒子をまとっていることに気づく。

『これ……！』

それは、琥珀が予知夢を見る時に必ず起きる現象だった。

予知夢の中では、琥珀の声は周囲に届かず、その姿も見えない。まるで透明人間になったように体が透け、キラキラ光って見えるのだ。

間違いない。自分は今、予知夢を見ている――。

(でも、どうして今?)

いつ予知夢を見るか分からないとはいえ、あまりにも突然のことに戸惑っていると、じょじょに眩《まぶ》しさがおさまってくる。

琥珀は混乱しつつも、とにかく今は予知の内容を把握しようと懸命に目を凝《こ》らして――、当惑した。

『ここは……』

見えてきたのは、琥珀の私室だった。

琥珀が屋敷に来た時に高彪が用意してくれた和室で、今はあまり使っていない部屋だが、何故かそこに屋敷の面々が詰めかけている。彼らは皆、沈痛な面もちで、茜や桔梗はハンカチを目元に当てて泣いていた。

彼らはどうやら、畳の上に設《しつら》えられたベッドを取り囲んでいるようだった。ベッドの傍らでは、獣人姿の高彪が悄然《しょうぜん》とうなだれていて――。

(……っ、あれって……)

ベッドに寝かされている人物の顔は、白い布で覆われていた。

ぴくりとも動かないその様子を見つめて、琥珀は嫌な予感にざわつく胸をぎゅっと押さえる。

あれは、まさか――。

と、その時、失礼します、と部屋に柏木が入ってくる。彼の腕には、おくるみに包まれた赤ちゃんが抱かれており、更に背後には獣人姿の子供がいた。

(……っ、あの子……)

柏木の腰にしがみつくようにして隠れているその子には、見覚えがあった。以前、琥珀が予知した未来で自分の傍らにいた、高彪と自分の子供だ。

白銀の被毛と金色の瞳は高彪そっくりで、頬に走る黒い模様は稲妻のような形をしている。獣人姿の為、年齢は分かりにくいが、背格好からすると四、五歳くらいだろうか。

　ということはおそらく、これは数年後の未来なのだろう。

（じゃあ、あの赤ちゃんも僕たちの子供……？）

　以前見た未来では、自分は第二子を妊娠している様子だった。

　あの子がそうなのだろうかと食い入るようにして見ていた琥珀だったが、そこで柏木が高彪に声をかける。

「……高彪様、お連れしました」

「……ああ、ありがとう。……おいで」

　静かに告げた柏木に礼を言った高彪が、子供を手招きする。戸惑った表情で歩み寄ってきた子供を抱きとめて、高彪が促した。

「……とと様に、最後のお別れをするんだ」

　そう言った高彪が、ベッドに寝ている人の顔から白い布を取り去る。その瞬間、琥珀はあまりの衝撃にサーッと血の気が引いてしまった。

『な、んで……』

　まさかとは思ったが、ベッドに寝ている――、否、亡くなっているその人はやはり、――琥珀自身、だったのだ。

『ど……、どうして……？　僕……っ』

　何故自分が死んでいるのか、一体どういうことなのか、本当にこんな恐ろしい未来が待ち受けているのか。

　動揺する琥珀をよそに、高彪が子供を促す。琥珀のそばにおそるおそる歩み寄ったその子は、不安の滲《にじ》む声で高彪に尋ねた。

「父上、とと様、ねんねしてるの？」

「……っ」

「とと様、いつ起きるの？」

　あどけない声に、高彪がぐっと表情を強ばらせる。何度も息を詰まらせ、固く、固く拳《こぶし》を握りしめて、高彪はようやく声を絞り出した。

「……とと様は、もう起きないんだ」

茜と桔梗のすすり泣きが大きくなる。子供はびっくりしたように目を瞠ると、重ねて問いかけた。

「なんで？　なんで、とと様起きないの？　僕が悪い子だから？」

「そんなこと……！　そんなことはない！　お前のせいじゃない……！」

すぐさま子供を抱きしめた高彪が、苦渋に満ちた声で唸る。

「お前のせいじゃない！　絶対に……！」

「じゃあ、なんで……？　なんでとと様、起きないの……？」

高彪にぎゅっとしがみついた子供が、火がついたように泣き出す。

「やだ……！　やだよ……！　とと様、起きて！　とと様ぁ……！」

「……っ」

言葉もなく子供を抱きしめた高彪の背後で、茜が声を震わせる。

「こんな……っ、こんなのあんまりです！　琥珀様を呪うなんて、誰がそんなひどいこと……！」

「茜……」

隣の桔梗の肩に顔を伏せ、茜がワッと泣き出す。

それまでぴくりとも動かない自分を茫然と見つめていた琥珀は、耳に飛び込んできた茜の言葉にハッと我に返った。

(呪う……？　僕は誰かに呪われて死んだ……？)

であれば、その呪いを回避できれば、この未来を変えることができるかもしれない。

未来は、必ずしも定まってはいない。

櫻宮が呪詛で苦しむ未来を変えられたように、自分が死ぬこの未来も変えられるかもしれない——。

『……っ、高彪さん、僕を呪ったのは誰ですか？』

予知夢の中では、自分の声は誰にも届かない。

分かっていても聞かずにはいられなくて、琥珀は懸命に高彪に呼びかけた。

『高彪さん、こっちを見て……！　僕を呪ったのは誰か、教えて下さい！』

高彪にならあるいは自分の声が届くのではないか。

一縷《いちる》の望みをかけ、必死に呼びかけ続ける琥珀だが、次第に辺りが白い光に包まれ、茜と桔梗のすすり泣きも遠くなっていく。

『っ、待って！　お願い、もう少し……！』

予知夢が終わる気配に琥珀が焦ったところで、高彪が顔を上げる。

「……琥珀？」

『……っ、高彪さんっ！』

高彪と目が合った次の瞬間、琥珀の視界は真っ白に染まり、元の――、泣きじゃくるコタを抱きしめている今の自分のものに、戻っていた。

「あ……、……っ」

視界が戻った途端ぐらりと強い目眩《めまい》に襲われ、思わず息を呑んだ琥珀だったが、その時、遠くから高彪が鋭い声を上げて駆けてくる。

「何事だ！」

「高彪、さん……」

安堵と疲労でドッと体の力が抜け、その場に倒れ込みそうになった琥珀を、高彪がすんでのところで抱きとめる。

「大丈夫か、琥珀……！」

「た、かとら、さん……、コタくんを……」

薄れそうになる意識を必死に繋ぎとめ、未だ泣き続けているコタを落ち着かせてほしいと頼む琥珀に、高彪が頷く。

「ああ、分かった……！　コタ、俺を見ろ……！」

琥珀ごとコタを抱きしめた高彪が、身を屈めてコタと額を突き合わせる。その途端、コタが大きくしゃくり上げながらも目を見開き、高彪をまじまじと見つめた。

「ひ、ぐ……、ちち、うえ……？」

「ああ。いい子だな、コタ。……もう大丈夫だ」

優しくコタに語りかけながら、高彪がその背をゆっくりさすってやる。

ひく、ひくっとコタの呼吸が落ち着いてくるにつれ、浮いていた周囲の侍従たちがゆっくりと降りてきた。

次々に地面に降り立ち、まだ混乱した様子ながらもほっとした表情を浮かべる彼らを見て、琥珀はようやく安堵する。

「よ、かった……」

呟いた途端、視界が暗転し、体から力がふうっと抜けてしまう。

「琥珀！」

高彪の焦ったような声を最後に、琥珀の意識はとぷんと暗闇に呑まれた――。


コチ、コチ、と壁掛け時計の振り子が揺れる音が響く。

廊下の壁に背を預けた高彪は、両腕を組み、閉ざされた目の前のドアをじっと見つめ続けていた。

――意識を失った琥珀を近くの建物に運び込み、御殿医《ごてんい》を呼んだのが半時前。

駆けつけた御殿医は、気を失っているだけで特に外傷もなく、心配することはないと言いつつも、少し気になることがあるから詳しく診察すると言って、あろうことか高彪を閉め出した。

（なんだ、気になることとは……！）

心配することはないのではなかったのか。本当に琥珀は大丈夫なのか。もし容態が急変でもしたらどうするのか。

気になって仕方がない高彪は、こうして部屋の前から一歩も動かず、診察が終わるのを待ち続けているが、医者が出てくる気配は一向にない。

いい加減声をかけてみようか、しかし、とドアを睨み続けていた高彪だったが、その時、廊下の向こうから長身の男が姿を現す。

「高彪様」

声をかけてきた銀髪の美丈夫は、高彪の部下、狼《かみ》谷《たに》恭《きょう》一《いち》郎《ろう》だった。

「ご指示通り、お屋敷までお送りしてきました」

「……ああ、ご苦労、少将。コタの様子はどうだった？」

彼には、コタを高彪の屋敷まで送るよう頼んであった。

恭一郎は、白秋家に旧《ふる》くから仕える霊獣一族の長であり、高彪同様、強い神力の持ち主だ。二つ年上の彼は、高彪が最も信頼している部下の一人で、コタのこともあらかじめ話してあった。怜悧《れいり》な美貌に似合わず、身内のこととなると突っ走るような熱い面もあるが、基本的に思慮深く機転もきき、腕も立つ男だ。

彼ならばコタの力が再び暴走しても押さえ込めるし、咄嗟の事態にもうまく対応してくれるだろうと見込んでのことだったが、その判断は正しかったらしい。

「泣き疲れて眠っていましたが、途中で目が覚めまして。不安そうにしていましたので、お屋敷に着くまでしばらく狼の姿で遊び相手をしておりました。すっかりご機嫌になりましたよ」

普通の幼児ならば大きな狼に怯むこともあろうが、コタは獣人姿の高彪を父と慕っている。狼に変身できる恭一郎は、見知らぬ人間より狼姿の方がコタが安心すると踏んだのだろう。

あちこち引っ張られて大変でした、と苦笑する恭一郎に、高彪は短く詫びた。

「そうか、すまなかった」

「いえ。それよりも、琥珀様のご容態はいかがですか？」

琥珀が櫻宮の侍従になった際、高彪は自分が不在の時は彼を頼るようにと、恭一郎と琥珀を引き合わせている。恭一郎は高彪がどれだけ琥珀を大切にしているかも知っている為、一層心配してくれているのだろう。

高彪は閉ざされたドアにちらりと視線をやって告げた。

「特に問題はないという話だったが、詳しく診察すると言われてな。閉め出されてしまった」

「そうですか……。それはご心配ですね」

恭一郎も高彪の隣に立ち、ドアを見つめる。高彪はため息をついて唸った。

「……琥珀が倒れたことと、なにか関係があるんだろうか」

琥珀が倒れた原因について、高彪は最初、コタの力の影響を受けた為ではないかと思っていた。だがあの時、あの場でコタの力が働いていたのは、周りの侍従たちに対してのみだった。

先ほど報告に来た部下も、侍従たちから事情を聞き取ったところ、どうやらコタは琥珀を守ろうとして力を暴走させたらしいと言っていた。だとするとやはり、琥珀が倒れた原因はコタの力の影響ではなく、他にあるのではないだろうか。

「もし、琥珀がなにか大病を患《わずら》っているのだとしたら……」

考えたくはないが、自分を閉め出して診察する必要があるなんて、そうとしか考えられない。

もしかして琥珀は、今までずっと体調が悪いのに我慢していたのだろうか。

「そうだとしたら、俺は最低の夫だ。一番そばにいたのに、琥珀の不調に気づかず無理をさせていたなんて……」

自分を責める高彪に、恭一郎が気遣わしげに声をかけてくる。

「まだそうと決まったわけではありません。まずは医師の診察が終わるのを待ちましょう」

「……ああ」

恭一郎に頷いて、高彪は未だ開く気配のないドアを睨んだ。

(やはり、琥珀のそばにいるべきだった)

医者の指示だからと大人しく従ってしまったことが悔やまれる。こんなに長引くなら、どうあってもそばにいると言うべきだった。

(琥珀は大丈夫だろうか。……苦しんだり、していないだろうか)

気を失う寸前、琥珀はひどくつらそうにしていた。もし今、彼があの時同様苦しんでいたらと思うと、居ても立ってもいられない。

いっそ今すぐ部屋に押し入って、目が覚めるまで琥珀のそばにいると居座ろうか——。

「……あなたがそこまで余裕を失くしているのは、初めて見ました」

すっかり琥珀のことで頭がいっぱいになってしまっている高彪に、恭一郎が少し驚いたように言う。

高彪は年上の部下を軽く睨んで唸った。

「そう言う少将も、許嫁殿のこととなると人が変わると噂で聞いたが？」

恭一郎はつい先頃、許嫁と正式に婚約したばかりだ。毎朝毎晩、婚約者から行ってらっしゃいとお帰りなさいの西洋式の挨拶をしてもらっていると高彪に自慢したのも、彼である。

どうやら恭一郎の惚れ込みようは相当なものらしい。

く、許嫁が体調を崩した際には普段の穏やかさが嘘のように険しい顔をするらしい。おかげで彼の部下がすっかり怯えているともっぱらの噂で、その噂は高彪の耳にまで届いていた。

「部下を不必要に怯えさせるのは感心しないな。少しは取り繕え」

自分のことを棚に上げるなと嘆息した高彪に、恭一郎が肩をすくめて言う。

「その言葉、そっくりそのままお返し致しますよ」

「なにを言う。少将は私に怯えることなどないだろう」

高彪とて、他の者の前ならもう少しは取り繕う。恭一郎の前だから、気負わず自分の内面を表情に出しているのだと言った高彪に、恭一郎が苦笑を零した。

「……あなたはそういうところがずるいですよね」

「なんの話だ」

言葉の意味をはかりかねて怪訝《けげん》な顔をした高彪だったが、まあまあと曖昧《あいまい》に笑った恭一郎は、強引に話題を変えてしまう。

「二つほどご報告が。まだ小耳に挟んだ程度ですが、どうやら今回の一件について不問に伏すよう、櫻宮様が帝に働きかけて下さるご意向のようです」

「宮様が……」

恭一郎の言葉に、高彪は眉間に皺を寄せて呻いた。

いくら幼児のしでかしたこととはいえ、身重の櫻宮の御所の近くで騒動を起こすなど、一族の長の責任を問われかねない事態だ。

最悪、職を辞し、隠居することも覚悟していた為、櫻宮の厚意はありがたい限りだが、同時に申し訳なくてたまらない。

「また帝にねちねち嫌みを言われるな……」

私の可愛い妃にいらぬ心労をかけてくれたそうだが、と御簾の向こうからにこやかに叱責してくるだろう声を思い浮かべ、嘆息した高彪に、恭一郎が苦笑して言う。

「嫌みくらいで済めば安いものです。櫻宮様も、琥珀様を信頼しての格別のご配慮でしょうから、ありがたくお小言を頂戴《ちょうだい》すべきかと」

「……分かっている」

他人事だと思って、とちらりと恭一郎を見やりつつ、高彪は続きを促した。

「それで、もう一つの報告は？」

「はい、先ほど私の部下が知らせてきたのですが、どうやら侍従たちは琥珀様の正体には気づいていないようです」

「私が名前を呼んでしまったのにか？」

先ほど駆けつけた際、高彪は咄嗟に琥珀の名前を呼んでしまっている。

てっきり今頃、侍従たちの間で『竜胆』の正体についで噂になっているかと思っていたが、と少し意外に思った高彪に、恭一郎が頷く。

「はい。皆混乱していたのでしょうが、それに加えて、琥珀様がコタ殿と面識があるのは、琥珀様が預かっている親戚の子供とコタ殿が友人だからだ、と言って回っている者がいるようです」

「……もしかしてそれは、井上晴太か？」

琥珀をそこまで庇うとすれば、琥珀の口からよく名前が出ていた彼ではないか。そう思った高彪の考えは当たっていたらしい。

「ええ、そのようです。琥珀様は、彼に事情を打ち明けていらっしゃったのでしょうか？」

「……いや、分からない。後で聞いておこう」

このまま侍従たちが晴太の言葉を信じてくれれば幸いだが、琥珀を目の敵にしていた侍従たちもいるようだし、まだ油断はできない。しばらく侍従たちの反応を注視するべきだろう。

そう考えた高彪だったが、その時ようやく部屋のドアが開き、看護婦が顔を出す。

「あら、ずっとこちらでお待ちだったのですか、白秋様」

驚いた様子の看護婦に、高彪は早足で歩み寄って聞いた。

「琥珀は？　琥珀は無事ですか？」

「ええ、もちろん。先生も仰っていた通り、心配することはありませんよ」

にこやかに言う看護婦は、なにか隠し事をしていたり、嘘をついている雰囲気はないが、だからといって安心はできない。

「それなら何故、琥珀の診察を……！」

語気を強めた高彪に、看護婦は微笑んで言った。

「ちょうどそれをお話しする為に、白秋様を呼びに行こうとしていたところです。どうぞ中へ」

「……ああ」

今すぐここで言え、と摑みかかりたい衝動をぐっと堪えて、高彪は人払いをするよう、恭一郎に目で合図する。

無言で頷いた恭一郎を振り返ることなく、高彪は最愛の人が眠るその部屋に足を踏み入れた――。


――ぼんやりと見えてきたのは、見慣れた自分の私室だった。

畳の上に設えられたベッドの上に、誰かが横たわっている。真っ白な単衣を着たその人は、顔に白い布がかけられていた。

(あれって……)

琥珀はこくりと喉を鳴らすと、ゆっくりとベッドに歩み寄った。

震える手で、横たわっている人物の顔にかけられた白い布をそっと取る。

露《あらわ》わになったその青白い顔は、紛れもなく琥珀自身で――。

「……っ、うわあああっ！」

「琥珀！」

跳ね起きた途端、力強い腕に抱きとめられて、琥珀は目を瞠った。

「は……っ、あ……、あ……？　た、かとら……、さん……？」

肩で息をする琥珀を抱きしめていたのは、高彪だった。茫然とする琥珀を見つめて、高彪が言う。

「大丈夫か？　ひどくうなされていたが……。ゆっくり深呼吸できるか？　……そうだ」

吸って、吐いて、と指示してくれる高彪の声に合わせて何度も呼吸を繰り返すと、ようやく心臓が落ち着いてくる。

ふう、と深く息をついて体の力を抜いた琥珀は、微笑んでお礼を言った。

「……ありがとうございます、高彪さん。もう大丈夫です」

「ああ。だが、もう少し横になっていた方がいい」

心配そうな顔をした高彪に再び寝かされそうになって、琥珀は首を横に振った。

「いえ、本当に大丈夫です。それより、ここは？」

見たところ、自分がいるのは見知らぬ部屋のようだった。

床には毛足の短い絨毯《じゅうたん》が敷かれ、壁際には品のいい飾り棚がいくつか置かれている。大きな窓は閉ざされていたが、レースのカーテン越しに明るい光が差し込んでいるから、まだ昼間だろう。

「僕……、……っ、そうだ、コタくん……！」

気を失う寸前のことを思い出し、サッと顔を青ざめさせた琥珀に、高彪が言う。

「大丈夫だ。コタは無事だ。部下に頼んで、先に屋敷に帰している。侍従たちも、特に誰も怪我せずに済んだ」

「そうですか……。……よかった。ありがとうございます、高彪さん」

怪我人が出なかったのは、高彪が駆けつけてくれたおかげだ。

ほっとして体の力を抜き、お礼を言った琥珀の背に枕やクッションをあてがって、高彪が頭を振る。

「いや、それでも君に無理をさせてしまった。ここは、御所の中にある役人が寝泊まりする為の部屋だ。君が倒れた場所から近かったから、とりあえず運び込んで医者に診てもらった。大事はないとのことだったが、どこか痛かったり、苦しかったりしないか?」

「大丈夫です。すみません、迷惑をかけて。高彪さん、お仕事中だったのに……」

意図してのことではないとはいえ、いきなり気を失ったりして、高彪もきっと驚いただろう。

謝った琥珀を見つめて、高彪が言う。

「俺にとって、君以上に大切なものなんてない。駆けつけるのが遅くなって、すまなかった」

「そんな、謝らないで下さい、高彪さん。あの時、高彪さんが来てくれて本当にほっとしたんです。高彪さんが来てくれたならもう大丈夫って」

「……琥珀」

琥珀の言葉に、高彪が目を細める。表情がやわらいだ高彪に、琥珀は改めて問いかけた。

「それで……、あれはやっぱり、コタくんの力によるものだったんでしょうか」

周囲の人や物が宙に浮いていた光景を思い出しながら尋ねた琥珀に、高彪が頷く。

「ああ、おそらくな。コタがどうやって屋敷からここまで来たのかは分からないが、柏木たちが目を離した隙に抜け出してしまったんだろう」

高彪の屋敷から御所までは、大人の足でも四半時ほどかかる。それに、御所は出入りを制限されており、許可されていない者が足を踏み入れようとすれば門番が気づくはずだ。

コタがどうやって中庭まで入り込んだのかは分からないが、あの子は普通の子供ではない。

もしかしたらそれも神力が関係しているのかもしれないと思った琥珀に、高彪が告げる。

「まだどうなるか分からないが……、櫻宮様が琥珀を庇って下さっているらしい。あまり大事にならずに済むかもしれない」

「……っ、櫻宮様が……」

御所の近くで騒動を起こしたばかりか、庇ってもらうなど申し訳ない限りだが、白虎一族の子供が侍従たちを危険に晒したとあっては、高彪の責任問題になりかねない。

(僕が責任を取って済む問題ならまだしも、高彪さんが責められるようなことになったら大変だ。櫻宮様のご配慮に感謝しないと……)

俯いた琥珀に、高彪がそっと手を伸ばしてくる。大きな手に頬を包まれて、琥珀は顔を上げ、高彪を見つめ返した。

「君が無事で、よかった」

「……高彪さん」

「君になにかあったら、それこそ俺はどうかしてしまうかもしれない」

(あ……)

狂おしげにそう言った高彪に抱きしめられて、琥珀はつい先ほどの夢と、気を失う前の予知夢を思い出す。

あの予知が本当なら、自分は数年後、呪詛で命を落とすかもしれない——。

「あの……」

「琥珀、実は……、ああ、すまない、なんだ?」

高彪に予知のことを告げようとした琥珀だったが、

その時、高彪がなにか言いかける。

すぐに琥珀に先に話すよう譲ろうとしてくれた高彪だが、琥珀は頭を振って高彪に返した。

「いえ、なんでもないです。高彪さんのお話はなんですか？」

自分もまだ気持ちの整理がついていないし、まずは高彪の話を聞いて、それから話そう。

そう思った琥珀に、高彪があぁ、と頷いてベッドのそばの椅子に腰を落ち着ける。

珍しくどこか緊張した様子の高彪に気づいて、琥珀は少し身構えた。

「その、実はさっき、君を診察した医者から聞いたんだが……」

「は、はい」

（なんだろう……。なにかあったのかな）

医者から聞いたと切り出されて、琥珀はますます緊張してしまう。自分はなにか病気でもしているのかと不安になった琥珀の手を取って、高彪はふわりと微笑んで告げた。

「……琥珀、君は妊娠しているそうだ」

「……え？」

「俺たちの、子供だ」

喜びの滲む声に、琥珀は瞬きを繰り返した。

（……子供？　妊娠って……）

ふっと視線を落とすと、自分の腹部が目に入る。薄っぺらくて、特になんの変化もないように見える体。

ここに、命が宿っている――……？

「あ……、赤、ちゃん……？」

高彪に繋がれているのと反対の手で、ぎこちなく腹部に触れる。

ああ、と優しい、穏やかな声がすぐそばで聞こえた。

「俺たちは、……親になるんだ」

「……っ」

目を瞠って顔を上げ、琥珀は高彪に抱きついた。

「高彪さん……！　僕……っ、僕……！」

色んな感情が一気に込み上げてきて、言葉にならない。

高彪とならば子供を授かる可能性があるとは知っていたし、欲しいとも思っていた。けれど、実際に授かるかどうかは分からないし、男同士だからやはり難しいのではという気持ちもあった。

けれど、この体に新しい命が、高彪と自分の子供が宿ってくれたのだ。

自分にも、血の繋がった家族ができるのだ——。

嬉しさに涙を滲ませ、しがみつく琥珀をしっかりと抱きしめて、高彪がそっと聞いてくる。

「俺の子供を産んでくれるか、琥珀」

「っ、はい、もちろんです」

「……よかった」

頷いた琥珀に微笑んで、高彪はやわらかくくちづけてきた。唇に、頬に、目元にくちづけ、最後に琥珀の手を取って指先にくちづけて言う。

「ありがとう、琥珀。まだまだ至らない夫だが、君も子供も必ず俺が守ると約束する。いい父親になれるよう努力するから、不安や不満があれば遠慮なく言ってくれ」

「……っ」

高彪の言葉に、琥珀は小さく息を呑んだ。

——不安は、ある。

けれど、子供ができたことをこんなにも喜んでくれている高彪に、自分が呪詛で死ぬ未来を予知したなんて、言えない——。

「琥珀？」

黙り込んだ琥珀に、高彪が戸惑ったように問いかけてくる。

「どうした？　もしかして、なにか心配事が……」

「……いえ、大丈夫です。ただ少し……、男の僕が本当に赤ちゃんを無事に産めるか不安で」

一瞬躊躇った琥珀は、咄嗟にそうはぐらかした。

嘘ではない。本来、命を育《はぐく》むのに適した体ではないことに不安はある。

予知で自分たちの子供がいる未来を見はしたが、あれはほとんど夢のような感覚で、実際に自分の中に命が宿っているこの現実とは、まるで受けとめ方が違う。

自分は本当に、親になれるのだろうか――。

「……そうだな。俺も、君の体にどれだけの負担がかかるかと思うと不安だ。だが、前例がないことではない。先ほどは御殿医に診てもらったが、うちの一族が代々世話になっている医者に改めて診てもらって、相談しよう」

琥珀の言葉に頷いた高彪が、そう言って優しく琥珀を抱きしめる。

「妊娠中はどうしても君に負担をかけてしまうが、俺もできる限り君のそばにいて手助けする。他に不安があれば、なんでも言ってくれ」

「……はい、ありがとうございます」

小さく頷いて、琥珀はぎゅっと高彪の広い胸にしがみついた。

今はそれしか、それだけしか、言葉にすることはできなかった。

◇

「……珀、琥珀」

自分を呼ぶ声に、琥珀はハッとして顔を上げた。

見れば、櫻宮が心配そうに自分を覗き込んでいる。

「あ……、も、申し訳ありません！」

慌てて謝った琥珀を、櫻宮が気遣ってくれる。

「大丈夫？　やっぱり、もうしばらく休んでいた方がいいんじゃ……」

「いえ、少しぼうっとしていただけです」

すみませんと謝って、琥珀は懸命に笑みを浮かべた。

——琥珀が倒れてから、一週間が経った。

あの後、琥珀は大事を取って休みをもらい、今日までゆっくり静養していた。

高彪からは、無理に出仕する必要もないし、事情が事情だから帝も理解してくれるだろう、このまま宮仕えはやめたらどうかと言われたが、今のところつわりのような症状もなく、日常生活を送るのに支障もない。出産までまだまだあるのに、今から引きこもっていたらかえってお産に障りが出そうだ。

なにより、今回の一件について、結局高彪も自分もなんの咎めも受けなかったのは、櫻宮が取りなしてくれたおかげだ。たいした恩返しにはならないかもしれないが、それでもできる限り櫻宮のそばで彼女を支えたい。

そう訴えた琥珀に、高彪も分かったと理解してくれた。ただし絶対に無理はしないこと、少しでも体調が悪くなったら周囲を頼って、自分に連絡をすることと約束した上で送り出されたのが今日。

すでに高彪がお礼を伝えていることは聞いていたが、自分も直接お礼を言いたいからと、櫻宮のもとを訪れたところだったのだが。

（櫻宮様の前でぼうっとするなんて……）

原因は、自分でも分かっている。

あの日、新しい命を授かったという喜びと同時に味わった、絶望のせいだ――。

（……いけない。せっかく櫻宮様が祝って下さったのに）

櫻宮には先ほど、今回のお礼を伝えると共に、自分も高彪の子供を身ごもったことを告げている。

櫻宮が、琥珀とゆっくり話をしたいと人払いをしてくれた為、部屋には櫻宮と晶子しかおらず、ちょうどいいからと報告したのだが、二人はまあまああ！　と目をまん丸にして驚きながらも、おめでとうと琥珀の手を取って大喜びしてくれた。

「この子が生まれたら、琥珀の子と同い年になるのね。ふふ、楽しみだわ」

少し膨らみ始めたお腹を愛おしげに撫でつつ微笑む櫻宮に、晶子も頷く。

「ええ、本当に。私はもう、お二人のお子様がご学友として机を並べる日が楽しみで楽しみで」

「気が早いわよ、晶子」

朗《ほが》らかに笑う櫻宮に、失礼致しましたと微笑みつつ、晶子が言う。

「とはいえ、まずはご無事にご出産なさることが肝要です。琥珀様も、くれぐれも無理はなさいませんよう」

「なにかあったら、すぐに相談してね。きっと、白秋様には話しづらいこともあるでしょう。私でよければ、いつでも話しに来てちょうだい」

櫻宮の言葉に、琥珀は内心の動揺を押し隠して頷いた。

「……はい。ありがとうございます、櫻宮様。もうしばらくお世話になります」

改めて頭を下げ、琥珀は櫻宮の部屋を辞した。

廊下に出て、美しく手入れされた晩秋の庭を眺めつつ、持ち場に戻る。

（高彪さんには話しづらいこと、か）

櫻宮に他意がないことは分かっていても、一瞬ドキッとしてしまった。幸い、二人には気づかれていないようだったけれど、秘密を抱えている身としては心臓に悪い。

——それに。

（……机を並べる、日）

数年先の未来を楽しみだと言っていた晶子の言葉を思い出すと、どうしても不安が押し寄せてくる。

あの予知は、本当にこの先に待ちかまえている未来なんだろうか。

自分は本当に、数年後に命を落としてしまうんだろうか。

（そんな……、そんなの、嫌だ。僕は高彪さんと、この子を育てていきたい。一緒に生きていきたい）

あれ以来、一人になるとあの予知のことばかり考えてしまう。もしかしたら自分は子供の成長を見守れないのかもしれないと思うと、日に日に悲しさが膨れ上がっていく。

命を授かったことが嬉しいからこそ、つらくてたまらない。

あんな未来、絶対に受け入れたくない。

（でも、どうすればいいんだろう……。どうすれば、あの未来を変えられるんだろう）

本当は、高彪に相談すべきだと分かっている。けれど、琥珀が身ごもったと分かってからずっと嬉しそうな様子で、琥珀が予知のことで考え込んでいると、それだけでなにかあったのかと心配してくれる高彪を前にすると、悲しませたくないという思いが先に来てしまい、言葉が出てこなくなる。

（でも、もし今なにかあって、この子を無事に産めなかったら？　それこそ、取り返しのつかないことになってしまったら？）

もし一つでも行動を間違えたら、あの未来を回避できなくなるのではないかと思うと、怖くて足がすくんでしまう。

一体自分はどうすればいいのだろう。

どうすれば、自分は死なずに済むのだろう――。

「竜胆」

と、その時、不意に自分を呼ぶ声がする。

見ればそこには、晴太と雨京、そしてあの三人組がいた。

「今日から復帰って聞いてさ。大丈夫か？　無理するなよ」

「ありがとうございます、もう大丈夫です。それで、あの……」

にかっと笑った晴太にお礼を言いつつも、どうして彼らと一緒なのかと戸惑いの色を隠せない琥珀に、晴太が苦笑して言う。

「竜胆に謝りたいんだとさ」

「え……」

意外な一言に驚いた琥珀だったが、雨京と三人組は琥珀の前に進み出るなり、勢いよく頭を下げて言った。

「悪かった！」

「ごめん、竜胆」

「俺たちが悪かった、許してくれ！」

口々に謝る四人に、琥珀は面食らってしまう。

「い……、いえ、僕の方こそすみませんでした。あの、頭を上げて下さい」

まさかこんなふうにまっすぐ謝られるとは思ってもみなかった為、慌ててしまう。おろおろと狼狽えた琥珀だったが、雨京は頭を下げたまままきっぱりと言う。

「いや、今回のことは君の話をきちんと聞かなかったオレたちに非がある。本当に申し訳ない」

「井上から聞いたよ。竜胆、親戚の子を預かっていて、その子があの白秋家の子と仲良くしてるんだってな」

「あ……」

そう言われて、琥珀はちらりと晴太を見る。

——高彪から、晴太が琥珀の正体に気づいているかもしれないということは聞いていた。

どうやら晴太は、琥珀が彼に正体を告げていないにもかかわらず、周囲にそれを悟られないよう、うまく言い訳してくれているらしい、と。

やはり晴太は、自分の正体に気づいているのだ。

彼はどう思っているのだろう、と一瞬不安がよぎった琥珀だったが、晴太は琥珀にパチンと片目を瞑《つむ》ってみせると、四人に向き直り、わざとらしく横柄《おうへい》な態度で言った。

「そうだぞ。それなのにお前たちがあんなふうに取り囲んで騒いだから、あのコタって子が怖がってあんなことになったんじゃないか。櫻宮様のお取りなしがなかったら、白秋様にまでお咎めがあったかもしれないんだぞ」

「……本当に、面目ない」

ぐうの音《ね》も出ないとばかりに、雨京が一層深く頭を下げる。

琥珀は慌てて、雨京たちに歩み寄ってそっと肩に触れた。

「あの、もう過ぎたことですし、白秋様もお気にされてませんでしたから……」

「竜胆……。本当にすまなかった」

ようやく頭を上げた雨京が、ぐっと柳眉を寄せて告げる。

「言い訳になってしまうが、実は以前、櫻宮様や四神の皆様に取り入ろうとしていた侍従がいたんだ。あまりにも目に余る態度で、結局問題を起こして辞めさせられたんだが、もしかしたら君もそういう人間なのかもしれないと誤解してしまった」

「あ……、それってもしかして、前に晴太くんが言っていた……？」

少し前に庶民出身の侍従が騒動を起こしたことがあったらしい、以来、貴族出身の侍従は庶民の侍従を目の敵にしている、と晴太が言っていたことを思い出した琥珀に、三人組が頷く。

「ああ、そうだ。でも、それは俺たちの思い違いだった。竜胆、あの日も早くに来て宮様に花を届けたり、庭木の手入れをしてくれてたんだろう？」

「庭師たちが言ってたよ。他の侍従が嫌がってやらない、服や手が汚れるような仕事も、進んでやってくれてたって」

「それも知らずに、勝手に悪者だと決めつけて、本当に悪かった」

しゅん、と肩を落とす彼らは、心からそう思ってくれているようだ。

琥珀は微笑んで言った。

「いいえ、僕こそ紛らわしいことをしてすみませんでした。まだまだ至らないことばかりですが、これからもよろしくお願いします」

「竜胆……、ああ、こちらこそ」

ほっとした様子で頷いた三人組が、それじゃあ、と去っていく。

晴太と共に残った雨京は、三人が十分離れるまで見送ってから、ようやく琥珀に向き直って言った。

「すまない、竜胆。実はもう一つ、確認しておきたいことがあるんだが、いいだろうか？」

「はい、なんでしょうか」

改まった様子に少し身構えた琥珀に、雨京が真剣な面もちで切り出す。

「……竜胆。君は本当は、高彪様のご伴侶の白秋琥珀様、なんじゃないか？」

「…………」

正面切って聞かれて、琥珀は思わず黙り込んだ。

ちらりと見やった晴太も、やや緊張した面持ちでじっとこちらを見つめている。

晴太が琥珀の正体に気づいているかもしれないと聞いた時、琥珀は復帰して晴太に会ったら、彼にだけは自分が白秋琥珀であることを打ち明けたいと、高彪に相談していた。

晴太なら、秘密を打ち明けても変わらず友達でいてくれる。彼は信頼できると言った琥珀に、高彪も同意してくれた。

琥珀を守ろうとしてくれている友人になら、真実を告げた方がいいだろう、と。

だが、雨京まで気づいていたとは思わなかった。

おそらく雨京は、琥珀の正体に気づいて、晴太に聞いたのだろう。他の侍従には誤魔化《ごまか》した晴太が、雨京にはそうしなかったということは、晴太にとって雨京は信頼できる人だということだ。

(晴太くんがそう思ったなら、僕も田野倉さんのことを信じよう)

琥珀は二人をまっすぐ見つめると、頷いた。

「……はい、そうです。今まで黙っていて、すみませんでした。帝から、しばらく櫻宮様の近くに仕えてくれないかと打診があって、それで侍従として働かせてもらっていたんです。あの、晴太くんも、気づいていたんですよね?」

琥珀に水を向けられた晴太が頷く。

「ああ。あの騒動の時、白秋様が琥珀って呼んでたからな。雨京以外は皆、自分のことで手一杯で混乱してて、気づいてなかったみたいだけど」

真実を告げた琥珀に緊張が解けた様子で、晴太が続ける。

「それに竜胆、時々ちょっと変わってるっていうか、浮世離れしてるとこあったからさ。庶民っぽくないんだけど、でも貴族っぽくもないから、何者なんだろうとは思ってた」

どうやら晴太には、前々からなにかあると思われていたらしい。

琥珀は苦笑しつつお礼を言った。

「全然隠せてなかったんですね、僕。僕とコタくんのこと、皆さんにうまく説明してくれたって聞きました。ありがとうございます、晴太くん」

頭を下げた琥珀に、晴太がにかっと笑う。

「礼なんていいって。竜胆は竜胆だしな！　それに俺たち、友達だろ」

「晴太くん……」

なにより嬉しい言葉に目を潤ませた琥珀だが、晴太の隣の雨京は眉をひそめて言う。

「おい井上、言葉遣い。皆の前ではそれでいいかもしれないが、オレたちしかいないところでは改めろ。あと、オレのことを雨京と呼ぶな」

真面目な雨京は、琥珀の正体が分かってなお崩した口調の晴太が気になるのだろう。

琥珀は慌てて取りなした。

「あの、できたら皆さんがいないところでも、今まで通りでお願いします。せっかく仲良くなれたのに敬語は寂しいですし、できれば竜胆のまま、もう少し働かせてもらいたいので……」

「もう少しって？　竜胆、辞めるのか？」

驚いたように言う晴太に、琥珀は頷いて告げる。

「……実は僕、妊娠していて」

「に……!?」

まん丸に目を見開いた二人が、顔を見合わせる。

「そうか……。そういえば四神のご一族は、結婚相手が同性でも子供をつくれるんだったな」

「いやでも妊娠って……、だ、大丈夫なのか？」

途端におろおろし始めた晴太に、琥珀は微笑んで頷く。

「はい。でも、さすがにあと数ヶ月くらいしか働けないと思うので、ご迷惑をかけます」

「いや、それはいいけど……。なにかあったらすぐ言えよ、竜胆」

「オレも力になるから、なんでも相談してくれ」

二人にそう言ってもらえて、琥珀はほっと肩の力を抜いて頷く。

「ありがとうございます。またお世話になります、晴太くん、田野倉さん」

「よかったらオレのことも雨京と呼んでくれ」

にこ、と微笑んだ雨京に琥珀が頷くより早く、晴太が彼の肩をがしりと抱いて言う。

「おっ、じゃあ遠慮なく。よろしくな、雨京」

「……お前には言ってないぞ、井上」

「いいじゃん、せっかく晴れと雨とでお天気仲間なんだし」

「一緒にするな！」

柳眉を逆立てた雨京を、晴太がまあまあとなだめる。

息の合った二人にくすくす笑いつつ、琥珀は胸のうちに巣くう不安にそっと、蓋をしたのだった。

◇

ソファの陰に隠れた茜が、お手製の猫じゃらしを端からそっと出す。

ふりふりと誘うように揺れた後、サッと素早く引っ込み、またそろりと出てきてはふりふり揺れる猫じゃらしに、三匹の仔虎たちが高く腰を上げてわくわくと臨戦態勢になる。

ぴーんとまっすぐ伸びた三本の小さな縞々尻尾たちを眺めて、少し離れたカウチに腰かけていた高彪はそっと苦笑を零した。

「まるでフウとライに弟ができたみたいだな」

「…………」

「琥珀?」

隣に腰かけ、獣人姿の高彪に身を預けている琥珀は、ぼうっと一点を見つめたままで、高彪の呼びかけに気づく様子はない。

(……まただな)

心ここにあらずといった様子の琥珀を見つめて、高彪は心配に眉を寄せた。

琥珀の妊娠が判明して、二週間が経った。

一週間前に職場に復帰した琥珀は、それまで仲のよかった晴太に加え、田野倉雨京という侍従とも親交を深めつつあるらしい。

高彪としては、身重の琥珀が侍従の仕事に復帰するなど、負担が大きいのではないかと心配でたまらなかったが、部下にこっそり様子を窺うよう指示したところ、晴太と雨京の二人がそれとなく琥珀を手助けしてくれているとのことだった。おかげで、今のところ何事もなく職務をこなせているようだ。

(……だが報告では、一人きりになると考え事に耽《ふけ》っているようだということだった)

それは家でもそうで、最近の琥珀は、ふと気づくとぼうっとしてばかりいる。

高彪がどうしたと声をかけても、なんでもないですと微笑むだけで、どこかつらいのかとか、なにか気がかりなことがあるのかと聞いても、大丈夫ですとはぐらかされてしまう。

どことなく沈んだ表情の琥珀を注意深く見つめながら、高彪はこっそりとその匂いを確かめた。本人に断りなく、体調を探るような真似をするのはよくないと分かっているが、また倒れるようなことがあってはと思うと心配でたまらないのだ。

(……どこか苦痛を感じているわけではなさそうだ。とすると、体調が悪いわけではなく、なにか悩みがあるんだろう)

やはり、男の身で子供を産むことへの不安が大きいのだろうか。

琥珀が、高彪との子供ができたことを喜んでくれているのは間違いない。琥珀は自分と同じように、子供が生まれることを待ち望んでくれている。

それでも、我が身に置き換えて考えてみれば、彼の不安は想像に難くない。もし自分が彼と同じように子供を身ごもったとしたら、動揺するし混乱もするだろう。

いくら四神の一族に嫁いだから子を孕むかもしれないと言われていても、いくら高彪の子供なら産みたいと思ってくれていても、実際に身ごもったら不安になるのは当然だ。

この二週間の間、高彪は代々世話になっている医者や産婆を呼び、琥珀と共に話を聞いてきた。これから起きるだろう体の変化や体調管理の留意点など、事細かに聞くことができたし、琥珀も少し安心した様子ではあったけれど、知識を得たからと言って不安がすべてなくなるわけではない。

(琥珀も望んでくれてのこととはいえ、彼にばかり体にも心にも負担をかけてしまっている……。せめ

て悩みがあるなら話してくれれば、少しは気持ちが軽くなると思うんだが）

だがそれも、自分が無理に聞き出すべきではない。今自分にできるのは、琥珀の体調に気をつけつつ常にそばにいて、彼が話したくなった時にいつでも聞けるよう、待つことだけだ――。

（……明日出仕したら、子持ちの部下を捕まえて話を聞かせてもらおう。妊娠中、それから出産後の妻に夫としてできることはないか、どうしたら悩みを打ち明けてもらえるか、教えを乞わなくては……）

琥珀の妊娠はまだ公表していないから、口の堅い者を選んで……、と考えたところで、ついに茜の猫じゃらしにコタたちが突撃する。

「うわっ、いっぺんは駄目ですってば！　いっぺんは駄目ー！」

一斉に飛びかかられた茜が、楽しそうな悲鳴を上げ、猫じゃらしを放り出して逃げ出す。標的を茜に変えた仔虎たちが、キランと目を光らせ、その後を追って廊下に飛び出した。

きゃーっと笑い転げつつ逃げていく茜の足音が、あっという間に遠ざかる。

「……ふふ、今日も元気いっぱいですね」

大騒ぎに気づいた琥珀が、高彪の腕の中でくすくす笑う。

「なんだか、フウとライに弟ができたみたい」

「……ああ、そうだな」

穏やかな笑みを浮かべつつ、先ほどの自分と同じことを言う最愛の伴侶に胸がいっぱいになって、高彪は微笑んだ。

琥珀が愛おしくて愛おしくて、たまらない。

彼が自分の想いを受け入れ、自分を愛してくれているという事実だけでもどうにかなりそうなほど幸せなのに、彼はその上、自分の子をその身に宿してくれたのだ。今までも、こんなにも人を大切に想うことがあるのかと思っていたというのに、自分との子供を身ごもっている彼が一層愛おしく、大切に思えてならない。

彼の為に、自分になにができるだろう。

どうすればこの愛おしさを、感謝を、彼に伝えることができるだろう。

どうすれば、自分は彼をもっと幸せにできるのだろう――。

「失礼致します、旦那様！」

と、その時、開きっぱなしだったドアの外から、柏木が声をかけてくる。焦った様子に、高彪はサッと顔つきを変えて応じた。

「どうした、柏木」

「それが、たった今、影彪様が突然お見えになりまして……！」

柏木の一言に、高彪は思わず目を瞠る。

「影彪叔父が!?　手紙が届いたのか……！」

コタが現れてすぐ、高彪は人を雇い、影彪宛の手紙を預けて叔父の居所を探させていた。数ヶ月前に届いた手紙から居所を推測するしかなかった為、捜索は難航しており、まだ会えていないという知らせを先日受け取ったばかりだったが、その後すぐに手紙を受け取ったのだろうか。

驚いた高彪に、柏木が困惑した様子で首を振る。

「いえ、それがどうやら手紙のことはご存知ないご様子で……。一時的に帰国したから立ち寄ったと仰っていました。お通ししてよろしいでしょうか？」

「そうか……。ああ、もちろんだ」

高彪が頷くなり、柏木が一礼してドアを閉める。居住まいを正した琥珀が、少し緊張しつつもほっと笑みを浮かべて言った。

「よかった……。これでようやく、コタくんもお父さんと会えますね」

「……ああ」

問題は、おそらく影彪が自分の子供の存在を把握していないことだが、叔父も白虎一族の男だ。きちんと責任は取るだろうし、子供をつくるほどの相手ならばすぐに思い当たるだろう。

コンコンと響いたノックの音にどうぞと返して、高彪は琥珀と共に立ち上がった。

「久しぶりだな、高彪！　さっきそこで美人の女中殿に聞いたが、お前結婚したんだって？」

柏木に続いて現れた叔父は、相変わらずの男ぶりだった。

兄である高彪の父とは少し年が離れている為、まだ四十代半ばと若々しく、退役して数年経った今でも隆々とした体格をしている。褐色の肌に銀の髪、無精髭が野性的な印象を与える彼は、豪放磊落《ごうほうらいらく》で快活な人柄で、高彪も若い頃から慕ってきた。

「お久しぶりです、叔父上。ええ、こちらが私の伴侶の琥珀です」

「初めまして、琥珀です」

高彪の隣で、琥珀が丁寧に頭を下げる。柏木に荷物を預けた影彪は、琥珀に歩み寄るなり、手を差し出して握手を求めた。

「そうかそうか、君が！　いやあ、よく高彪のところに来てくれた！」

「……叔父上」

「こんな強面《こわもて》の男に嫁ぐなんて、相当勇気がいっただろう？　もし嫌になったら遠慮なく離縁していいんだぞ。その時は是非、俺に相談を……」

「叔父上！」

琥珀の小さな手をしっかり握りしめたまま、不穏なことを言い出した叔父に、高彪は思わず声を荒らげ、その手を容赦なく叩き落とした。油断も隙もあったものではない。

「俺の大事な琥珀に、許可なく触れないでいただきたい。口説くなど論外だ！」

「はは、分かった分かった。ほんの冗談だ」

素早く琥珀を抱きしめ、睨みをきかせる高彪に、影彪がニヤニヤと笑みを浮かべる。被毛に覆われた高彪の胸元に顔を埋める形になった琥珀が、真っ赤になりながらもぞもぞと身じろぎをして言った。

「た……、高彪さん。それより早く、コタくんのことを……」

「……ああ」

腕をゆるめ、高彪は窓の外を見やる。

庭先ではちょうど、虎団子になっているところだった。コタが芝生の上で神獣たちと転がり合い、

「ん？　あれは……、まさか神獣か!?　……一緒にいる子供は？」

フウとライに目を瞠った影彪が、続いてコタを見て首を傾げる。

高彪はため息混じりに告げた。

「叔父上の子です」

「…………なんだと？」

やはり、自分に子供がいることを知らなかったのだろう。長い沈黙の後、影彪が愕然と問い返してくる。

予想通りの反応に、高彪は再度冷静に告げた。

「あの子は少し前、この屋敷に突然現れたんです。一族中聞いて回ったが、あの子の親は他に見つかりませんでした。叔父上は四年前に帰国した時、しばらくこの屋敷にいたでしょう？　おそらくその時の……」

「いや、待て、高彪。俺は身に覚えはないぞ」

高彪を遮って、影彪が言う。

高彪は渋面を作って唸った。

「なにを今更。叔父上が老若男女来る者拒まずの種う……、当代随一の色男と名高いことは、誰もが知るところでしょう」

「おい高彪、今お前、種馬って言いかけたよな？

しかも、俺じゃなく琥珀ちゃんに気ぃ遣って言葉選んだだろう」

「……琥珀『ちゃん』？」

人の大事な妻を、馴《な》れ馴《な》れしい呼称で呼ぶな。

叔父の嘆きなどどうでもいいが、それだけは聞き捨てならない。

剣呑に目を光らせた高彪に、影彪が呻く。

「確かに俺は来る者拒まずだったかもしれないが、それは過去の話だ。俺には五年前から、決まった相手がいる」

「…………」

「嘘じゃないから、その目はやめてくれ……」

勘弁しろ、と天を仰いだ叔父を、なおもじっとりと視線で咎め続けていた高彪だが、その時、琥珀がおずおずと影彪に尋ねる。

「あの……、ということは、影彪さんはコタくんのお父さんじゃないんですか……？」

「おお、琥珀ちゃんは信じてくれるか！　そうなんだよ。俺の恋人はめちゃくちゃ美人なんだが、それはもうおっかなくてな。浮気なんてしようもんなら、まず間違いなくもがれる」

でもそういうとこも可愛くてなあ、と脂下《やにさ》がっている影彪をよそに、琥珀はどんどん顔色が悪くなっていく。

「じゃ……、じゃあ、コタくんのお父さんは……」

おそらく親譲りだろう、強い神力。

あれほどの神力を持つ子供の親は、白虎の一族の中では高彪か影彪以外考えられない。

そして、影彪には五年前から恋人がいて、コタは高彪を父と呼んでいる——。

「……琥珀」

彼がなにを考えているのか、手に取るように分かって、高彪は慎重に声をかけた。だが琥珀は、高彪の声にびくっと肩を震わせ、サッと俯いてしまう。

「あ、の……、僕……」

「琥珀、聞いてくれ。コタには悪いが……、俺じゃない。俺は、コタの父親じゃない」

「……っ、じゃあ、他の誰がコタくんの父親だって言うんですか……！」

珍しく声を荒らげた琥珀が、自分の声に驚いたように目を丸くする。

「ぁ……、ぼ、僕……」

おろおろと可哀相《かわいそう》なほど狼狽えた琥珀は、きゅっと一度唇を引き結ぶと、俯いて言った。

「……怒鳴ったりして、ごめんなさい。少し、一人にして下さい」

「待ってくれ、琥珀。まず、俺の話を聞いてくれ」

ここで琥珀を一人にしたら、より悪い方へ考えてしまうのは目に見えている。

そうなる前に、きちんと自分と話をしてほしいと、高彪は琥珀の手を取ろうとした。——しかし。

「や……っ」

ぱしんと、琥珀が高彪の手を払う。

思わずといった動きではあったが、そこには、はっきりとした拒絶と、——怯えが、あった。

「こ、は……」

「すみません……っ、でも、しばらく高彪さんの顔、見たくない……っ」

小さな声で苦しそうにそう言い、足早に立ち去る琥珀の目には、涙が光っていた。

パタンとドアが閉まる音に続き、小走りに廊下を去る足音が遠ざかっていく。

「…………」

「あー、高彪？　息してるか？」

茫然と立ち尽くす高彪に、影彪がおそるおそる声をかけてくる。

「……駄目か、こりゃ。おら、来い。こういう時はヤケ酒だ、ヤケ酒」

高彪の首に腕をかけた影彪が、付き合ってやるよ、と苦笑する。

強引な叔父にずるずる引きずられながら、高彪は茫然と虚空《こくう》を見つめていた。

頭の中には、自分を拒絶する琥珀の震える声が、繰り返し響いていた――。

◇

――数日後。


「えっと……」

御所《ごしょ》の一角にある書庫で、琥珀《こはく》は棚に貼られている分類札と睨《にら》めっこしつつ、目当ての書棚を探していた。ずらりと並んだ書棚には、無数の綴《と》じ本が積み上げられており、他に人気《ひとけ》はない。

琥珀が今日ここに来たのは、呪詛《じゅそ》について調べる為だ。自分の予知した未来の呪詛について少しでも手がかりを得て、高彪《たかとら》ときちんと話をしたいと、そう思ったのである。

あの日以来、琥珀は夜も私室にこもり、高彪を避け続けてしまっている。だが、高彪は一言も琥珀を責めず、それどころか琥珀を気遣って極力顔を合わせないようにしてくれていた。

唯一の例外が、朝夕の送り迎えだ。

『……すまない。御所への送り迎えの間だけは、君の安全の為に一緒にいさせてほしい』

あの日の翌日、そう言った高彪は、琥珀が馬車に乗り降りする時に控えめに声をかけてくる以外、琥珀の前で口を開かなくなった。当然ながら、行ってらっしゃいとお帰りなさいのくちづけもなくなり、あれほど恥ずかしかったのに寂しく思っている自分の身勝手さに、琥珀は自省する日々を送っている。

その上、高彪は琥珀に毎日手紙を書いて、寝る前に渡してくれている。そこには、琥珀が話したくなったらいつでも声をかけてほしいということ、あの日の言葉になに一つ偽りはないことが綴《つづ》られており、琥珀の気持ちが落ち着くまでいつまででも待つが、そのことで琥珀自身を責めないでほしいし、どれだけ経《た》っても高彪の想いは決して変わらないということも書いてあった。

（……高彪さんは本当に、僕には勿体《もったい》ないくらい、優しい）

手紙を読んですぐ、ひどいことを言ってごめんなさいと高彪に謝りに行きたい衝動に駆られた琥珀だったが、事はコタの人生にも関わってくる問題だ。

きちんと考えて、自分の気持ちを整理してから、高彪と話し合わなければならない。そう思った琥珀は、高彪の言葉に甘えてしばらく考える時間をもらうことにした。

おかげで、コタのことについては、ようやく自分の中で整理がつきつつある。

（僕は、高彪さんを信じる）

それが、琥珀の出した結論だった。

確かに、今の状況では、コタが高彪の子供である可能性は否定できない。

だが、高彪は決して自分に嘘はつかない。

彼は、たとえ後ろめたいことがあったとしても、それを隠したりはしない人だ。今回のことも、少しでも身に覚えがあれば琥珀にきちんと伝えるだろうし、ちゃんと責任を取ろうとするだろう。

その高彪が、違うと言っているのだ。

ならば、自分は高彪を信じる。

彼が自分に向けてくれる気持ちがどれほど誠実なものか、知っているから。

とはいえ、コタが誰の子なのか、はっきりさせる必要はあると思う。だがそれは、あくまでもコタの為だ。

（コタくんの為を思えば、やっぱりご両親を見つけてあげるべきだ。でも、万が一ご両親が誰なのか分からなかったとしても、あの子は白秋《はくしゅう》一族の子で、強い神力を持ってる。あの力をちゃんと制御して、正しい使い方を教えてあげられる保護者が必要だ）

だから琥珀は高彪に、この先コタの両親が見つからなかったら、このまま自分たちが引き取って育てるべきだと言うつもりだ。

そしてその時、呪詛のこともきちんと打ち明けようと思っている。

（……明日はお休みの日だし、今夜帰ったら高彪さんに僕の気持ちをちゃんと伝えよう。その上で、予知のことも話そう）

自分だけの問題ならまだしも、琥珀のお腹には高彪の子が宿っている。高彪のことを悲しませたくないし、驚かせたくないけれど、だからと言ってこのまま高彪になにも告げないのは無責任だ。

この子の親は、自分一人ではないのだから。

（大丈夫。高彪さんならきっと、どうすればいいか一緒に考えてくれる）

誰より頼りがいがあって、自分を一番大切に思ってくれている伴侶への信頼を再確認して、琥珀は目当ての書棚の前で足をとめた。

「ここらへんかな……？」

主に禰宜《ねぎ》たちの研究資料として揃えられているのだろう。書棚には呪詛について書かれた綴じ本が多数積まれていた。

目次を確認して何冊か気になったものを選び、窓際の文机に移動する。文机の前に置かれている座布団に正座した琥珀は、貴重な資料を汚さないよう気をつけながら、一冊ずつ目を通していった。

琥珀にこの書庫の存在を教えてくれたのは、雨《う》京《きょう》だ。呪詛について少し気になることがあるから調べたいと言ったら、書庫にならば詳しい書物が保管されているはずだと教えてくれたのだ。

『もしかして、櫻宮《さくらのみや》様の呪詛について、またなにか新しい予知が……？』

周囲には聞こえないよう、小声でそっと聞いてきた雨京に、そうではなくただ少し調べたいだけだと言って誤魔化《ごまか》した琥珀は、休憩時間を利用してここへ来た。

高彪に話すにしても、呪詛がどういうものなのか、自分で把握しておくに越したことはないと思ったのだが、一口に呪詛と言っても方法も程度も様々なようで、これから自分にかけられるだろう呪詛がそのどれなのか、見当もつかない。

（人形とか、札とかを使うのが一般的なのかな。あとは、相手が大切にしているものか……。それ以外に、なにか手がかりは……）

逸《はや》る気持ちを抑えつつ頁《ページ》をめくった琥珀だったが、次の頁に載っていたのは呪詛を受けてもがき苦しむ人の絵図だった。

「……っ」

一瞬、その人の顔が予知の中の自分の死に顔と重なって見えた琥珀は、真っ青な顔で冊子を閉じ、胸に手を当てて懸命に呼吸を整える。

「は……、……っ」

大丈夫だ、これは本だ。

あの予知だって、まだ確定した未来じゃない。

自分はまだこうして、ちゃんと生きている――。

（……僕は、死にたくない。生きて、高彪さんと一緒にこの子を育てていきたい）

お腹に手を当て、強く、強くそう思って、再び頁を開く。

呪詛について書かれた本はどれもおどろおどろしい内容で、自分がこんな死に方をするのかもしれないと思うと、怖くてたまらない。けれど、知らなければ、対策の立てようがない。

だが、持ってきた書物すべてにザッと目を通し終えても、これはと思う手がかりはなかった。

（やっぱり、あの予知だけじゃどうしたらいいか分からないな……）

せめて犯人が分かればと思わずにはいられないが、今のところ誰かに呪われるほど恨まれている覚えはない。だがそれは、琥珀に自覚がないだけという可能性もある。

（前にも、僕の知らないところで僕の名前が使われて、顔も知らない人たちから恨まれていたことがあった……。もしかしたら今回予知した未来も、そういう相手からの呪詛なのかもしれない）

だとしたらもう、なにから手をつけたらいいか分からない。

やはり高彪に相談して、一緒に考えるのが一番いいだろう。

ふうと息をついて、琥珀は窓の外に目をやった。

季節はゆっくりと移り変わっており、この書庫の周りの松ももうすべてこも巻きをされている。

御所の雪景色はとても美しいと聞いているから是非見てみたいけれど、事と次第によっては呪詛を避ける為、屋敷に引きこもらなければならないかもしれない。

また外の世界に出られなくなるかもしれないと思

うとても気が滅入《めい》るけれど、それで呪詛を避けられるのなら、自由を諦めなければならない。

もしお腹の子になにかあったら、自分は後悔してもしきれないだろう――。

と、思いに耽《ふけ》っていた琥珀は、そこで書庫に誰か入ってくる気配に気づく。振り返ると、ちょうど書棚の向こうから祭祀《さいし》長《ちょう》の御手洗《みたらい》が顔を出したところだった。

「おや、琥珀殿。珍しいですね」

「こんにちは、御手洗さん。ええと、少し調べ物があって……」

（……御手洗さんなら呪詛に詳しいから、相談すればなにか助言してもらえるかもしれない。でも、まだ高彪さんにも言っていないし……）

御手洗に打ち明けるかどうか、迷いながら挨拶《あいさつ》した琥珀だったが、文机の上に積まれた書物は、祭祀長である御手洗には馴染《なじ》みのものだったらしい。

「そちらは呪詛についての書物ですね。もしや、櫻宮様の呪詛について、なにか進展が？」

「あ……、そうじゃなくて、その……」

逡巡する琥珀の脳裏に、先ほど見たばかりの、呪詛による凄惨《せいさん》な死に様を描いた絵図が甦《よみがえ》る。

もし、あんな呪詛が本当に自分の身に降りかかるとしたら――。

ちら、と自分のお腹に視線を落とした琥珀は、こくりと喉を鳴らして御手洗を見上げ、口を開いた。

「……実は、今度は櫻宮様ではなく、僕自身が数年後に呪詛で死んでしまう未来を予知したんです」

「な……」

思いもしなかったのだろう。目を見開き、言葉を失った御手洗に、琥珀は尋《たず》ねた。

「でも、その呪詛がどんなものか詳しくは分からなくて……。なにか手がかりがないかと思って調べていたんです。御手洗さん、人を死に至らしめるような呪詛には、どんなものがあるんでしょうか」

「…………」

琥珀を見つめて黙り込んだ御手洗が、ややあって口を開く。

「……呪詛と一口に言っても、その手だては様々です。ですが、古来から続く強力な呪詛は、先日櫻宮様の御所の床下から見つかったような、札を用いた方法です」

少し待っていて下さい、と言い置いた御手洗が、書庫の奥から一冊の書物を持ってくる。

それは、美しい和紙が表紙に貼られた、古そうな冊子だった。

「これは禁書ですので、本当はお見せできないものですが……、特別にここの頁だけ。他言無用に願います」

「あ……、ありがとうございます……！」

「……この札を、よく見て覚えて下さい」


御手洗が開いてくれたその頁を、琥珀はじっと見つめた。

そこに描かれていたのは、複雑な紋様が書かれた木片だった。傍《かたわ》らにはその包みらしきものもあり、同じような紋様が朱墨《しゅぼく》で描かれている。

「これも、呪詛の札なんですか？」

「ええ。……もしかしたら、白秋様のお屋敷には既《すで》に、こういった呪符が仕掛けられている可能性があります」

「……っ、もう、ですか……？」

自分が予知したのは、数年後の未来だ。それなのにもう呪符があるのかと、動揺して聞き返した琥珀に、御手洗が頷《うなず》く。

「強い呪詛ほど、ゆっくり時間をかけて対象を蝕《むしば》むものです。白秋様に気づかれないように仕掛けるとすれば、もう呪詛が行われていてもおかしくありません。最近、お屋敷の改修をしたことは？」

「あ……、数ヶ月ほど前に、大がかりな改修をしたと聞いています」

高彪は琥珀を迎え入れる為、屋敷のあちこちを修繕したり、琥珀の私室を新たに整えたりしてくれた。その時、屋敷の改修工事をしたと聞いている。

琥珀の言葉に、御手洗が眉を寄せて言う。

「おそらくその時に業者の中にあなたに恨みを持つ者が紛れ込み、天井裏や床下に呪詛を仕掛けたのでしょう」

「そんな……」

まさか、もう危険が身近に迫っていたとは思ってもみず、琥珀は狼狽《うろた》えてしまう。

(でも、確かに高彪さんと結婚する前、僕は見知らぬ人たちから一方的に恨まれてた……)

高彪と結婚する前、琥珀は義父に名前を利用されていた。義父は、琥珀が予知能力を失ったにもかかわらず、さも琥珀の予知のように見せかけて、悪どい商売で暴利を貪っていたのだ。

(僕を狙っての呪詛なら、確かにその時に仕掛けられたものかもしれない)

今までずっとすぐそばに自分を呪う呪詛があったのかと顔を青ざめさせた琥珀に、御手洗は冊子を閉じて言った。

「白秋様にはもう、ご相談しているのですか？」

「っ、いいえ……。実はまだ、話していなくて」

「……分かります。ご自分が死ぬ未来を予知したなど、なかなか相談できませんよね。それが大切な相手なら、なおさら」

深く頷いて、御手洗が言う。

「今までさぞ不安だったでしょう。私に相談して下さって、本当によかった。すぐにお屋敷の床下や天井裏を探して、先ほどのような札があったら燃やしてしまうといいですよ。白秋様にご報告するのは、それからでも遅くありません」

無用な心配もかけずに済みますしね、と琥珀の気持ちを慮《おもんぱか》ってくれる御手洗に、琥珀は強ばった顔でどうにか頷いた。

「……はい。すぐに探してみます」

「よかったら、これから私と一緒に神殿においでなさい。護符を授《さず》けてあげますから、呪詛のあった場所に代わりに置くといいですよ。きっとあなたや白秋様を守ってくれることでしょう」

「ありがとうございます……！　お願いします」

願ってもない申し出に、琥珀は頭を下げる。

お安いご用です、と穏やかに微笑んだ御手洗にもう一度お礼を言って、琥珀はようやくほっと笑みを浮かべたのだった。

◇

傾き始めた陽に、御簾《みす》の向こうから嘆く声が聞こえてくる。

「日に日に昼が短くなっていくな……。冬は、宮が好きな花があまり咲かぬのが難点だ」

「……だからこそ、稀《まれ》に咲いている花を見つけると、喜びも大きいものです」

目を伏せて答えた高彪に、帝がほう、とからかうような声を上げた。

「堅物《かたぶつ》のお前にしては、なかなか雅《みやび》な答えではないか。情緒が育ったのはやはり、琥珀殿のおかげか」

「…………」

「ああ、すまぬ。確かお前、琥珀殿からもう顔も見たくないと言い渡されて、離縁寸前だったのう！」

「……っ」

ニヤニヤと底意地の悪い笑みが容易に思い浮かんで、高彪は自分の気の迷いを激しく後悔した。何故この方に相談した、自分。

「……離縁など致しません。今は互いに冷静になる為に、少し距離を置いているだけです」

数日前、高彪は琥珀とのことを帝についうっかり零《こぼ》してしまった。琥珀を不安にさせてしまったこと、あんなにもつらそうな顔をさせてしまったことが情けなくて、誰かに自分を罵《ののし》ってほしい一心で、身近にいる一番容赦ない人物についい、相談という形で懺《ざん》悔《げ》したのだ。だが、当の帝は高彪を罵《ののし》ってはくれなかった。

代わりに、いいからかいの種を得たとばかりに、顔を合わせる度《たび》に離縁離縁と高彪が最も恐れている言葉を容赦なく突きつけてくるのだから、本当に底意地が悪い。

(まあ、この方は俺にとってそれが一番の薬になると知っていて、あえて言っている節があるから、ありがたいと言えばありがたいのだが……)

質《たち》が悪いことは確かだが、付き合いの長い帝は高彪がなにに落ち込んでいるのか理解している上で、己を罵るのは己自身だけで十分だろう、と言外に言ってくれている。

まあ一応感謝はしておこうという気になった高彪だったが、現役の現人神《あらひとがみ》はやはり容赦がなかった。

「そうか。だがまあ、お前が離縁せぬつもりでも、琥珀殿は分からぬしな」

「…………」

「そもそも、こういう時は距離を置けば置くほど心も離れていく、というのが世の定説だしのう」

前言撤回、この方はただ単に自分をからかうのが楽しいだけかもしれない。

世俗に触れる機会などほぼないはずのあなたが定説を語らないで下さい、とため息をつきつつ、高彪は強引に話題を変えた。

「……それで、櫻宮様に仕掛けられた呪詛についてですが」

「ああ、なにか分かったか？」

最愛の妃を脅かす危険へと話題が移った途端《とたん》、帝の声色が変わる。

高彪は、は、と頭を下げて告げた。

「御手洗殿が解呪《かいじゅ》された札を調べましたが、犯人に直接繋がるような手がかりは見つかりませんでした。……が、御所の床下にあのような札を置くことができる人物となると限られてきます」

「やはり、内部の者の犯行か……」

身内を疑いたくないものだが、と苦い声で呟《つぶや》く帝に、高彪は頷いて続ける。

「札の解呪を待つ間、櫻宮様のおそばに仕える者を中心に洗い出しを進めておりましたが、呪詛に詳しく、かつ櫻宮様に恨みを持つ者は今のところ目星がついておりません。併行《へいこう》して、この数ヶ月内の記録から御所に出入りした業者などを割り出し、調べを進めておりますが、こちらも難航しております」

「そうか……。御所の一斉総点検では、他に呪符は見つからなかったと報告を受けている。だが、犯人がいつまた宮を狙うか分からぬ。引き続き捜索に注力せよ」

「は、必ず犯人を見つけ出します」

高彪は再度深く頭を下げ、帝の御前《ごぜん》を辞した。

控えの間で預けていた軍刀を受け取り、自分の執務室へと向かう。供《とも》を先に帰らせていた高彪は、ふと思い立って櫻宮の御所の方へと足を向けた。

先日、櫻宮から琥珀の懐妊祝いにと美しい吹き寄せを賜《たまわ》った為、そのお礼を伝えようと思ったのだ。

（もしかしたら、琥珀の様子を少し見られるかもしれないしな……）

もちろん、琥珀はまだ周囲に正体を伏せている為、表立って声をかけるわけにはいかない。だが、ここ一週間は屋敷でもほとんど琥珀と話ができておらず、もどかしい日々が続いている。

朝夕の送り迎えの時、体調に変わりはないか、無理をしていないか、全身の感覚を研ぎ澄ませて注意はしているが、琥珀はすぐ一人で抱え込んで頑張りすぎてしまう。

せめて遠くからでもいいから、一目その姿を見たい。声を聞きたい。

琥珀不足で干からびそうな中、決して抗《あらが》ってはならない相手の執拗なからかいにも耐えたのだから、と最愛の伴侶をご褒美に設定して、高彪は櫻宮の御所へと急いだ。

（……相変わらず、櫻宮様のお庭は宮中でも随一の美しさだな）

晩秋の午後、穏やかな陽の煌《きら》めきの眩《まぶ》しさに目を細めつつ、手入れの行き届いた庭を眺めながら歩く。

遠目に幾人かの侍従が庭師と共に樹木の手入れをしているのが見えて、その中に琥珀がいないことに落胆しつつ、高彪は乾いた枯れ葉の匂いを深く吸い込んだ。

今まではただ美しいとだけ感じていた庭も、琥珀が手入れに携わっていると思うと、それだけで愛おしく感じる。

宮中でさえそうなのだから自分の屋敷はなおさらで、それだけに今、その屋敷で琥珀と共に過ごせない時間が長くつらいものに思えて仕方がない。

（……琥珀は、俺の手紙を読んでくれているだろうか）

一人で考えたい、しばらくそっとしておいてほしいという彼の気持ちを尊重したくて、でも自分が彼を愛している気持ちはこれまで通り毎日伝えたくて手紙という形にしたが、読むことまで強制するわけにはいかない。

だが、毎晩寝る前に手紙を渡す際、琥珀は小さい声ではあるものの、ありがとうございますときちんとお礼を言ってくれる。獣人姿でいる為、彼の感情の匂いもつぶさに伝わってくるが、決して嫌悪はなく、むしろ嬉しそうな匂いをまとってくれているのが、今の高彪にとって唯一の救いだった。

(コタには可哀相《かわいそう》だが、俺は本当にあの子の父親じゃない。だが、このまま親が誰か分からなければ、俺は一族の長としてあの子を引き取らなければならない)

だがそれには、琥珀の理解が必要だ。

琥珀はあの一件以来も変わらずコタを可愛がっており、コタも琥珀が屋敷にいる時は、にぃに、にぃにと、どこに行くにもついて回るほど琥珀に懐いている。

高彪が父親でないと信じてくれれば、きっと琥珀はコタを引き取ることに賛成してくれるだろう。だが、こんな状況で相手を信じることなど、誰ができるだろうか。

(琥珀は俺を愛してくれている。だからこそ今、俺を信じようと葛藤《かっとう》してくれている……)

琥珀の気持ちが嬉しい一方で、彼を苦しませている自分が腹立たしくてならない。

琥珀が思い悩んでいるのは、自分が不甲斐《ふがい》ないせいだ。自分がしっかり一族のことを把握していれば、コタの親が誰かすぐに突き止められただろう。

(コタの一件で顔を合わせられなくなる前に、琥珀が思い悩んでいたこともそうだ。あれも、俺が不甲斐ないせいで、琥珀が打ち明けられなかったんだ)

高彪は琥珀を伴侶に迎える際、彼を苦しめるものはなんであっても、誰であっても許さない、自分が彼を守ると誓った。だというのに今、他ならぬ自分自身が彼を苦しめている。

その事実が我慢ならないほど悔しいし、もどかしいし、自分が情けなくてたまらない。

あんなにも優しく素直で、自分にはもったいないほど素晴らしい彼が、一途《いちず》に自分を愛してくれているというのに、自分は夫として当然の誓い一つ守れないでいる。

自分は本当に琥珀にふさわしいのだろうか。

彼の純粋な愛を受ける資格が、自分にあるのだろうか――。

「………」

櫻宮の御所への道を歩きつつ、眉間に思いきり皺《しわ》を寄せた高彪だったが、その時ふと、行く手に見覚えのある姿を見つける。

(あれは……)

それは、二人の青年だった。

背の高い方は井上晴太《いのうえはるた》で、もう一人、顔立ちの整っている線の細い方は確か、最近琥珀と親しくしている田野倉雨京《たのくらうきょう》だ。二人はこちらに背を向け、なにやら小声で話し合っていた。

琥珀は、彼らには自分の正体と懐妊のことを告げたと言っていた。彼らに聞けば、最近の琥珀の様子を教えてもらえるかもしれない。

そう思った高彪は、少し緊張しつつも二人に歩み寄ったが――、晴太の深刻そうな声に、思わず足をとめる。

「……やっぱり俺は、白秋様に話しといた方がいいと思う」

(……俺？)

思わぬ形で自分の名前が聞こえてきて、高彪は声をかけそびれてしまう。すると、今度は雨京が苦々しげな声で唸《うな》った。

「だが、竜胆《りんどう》が白秋様に言えないでいることを、オレたちが勝手に伝えてしまうのは……」

「……っ、すまない、その話、詳しく聞かせてくれないか……！」

居ても立ってもいられず、高彪は急いで二人に声をかける。

驚いたように振り返った二人が、高彪を見て更に目を丸く見開いた。

「は……、白秋様……、どうして……」

「櫻宮様のところに伺《うかが》おうとして通りがかったところだ。君たちの姿が見えたから、琥珀のことを聞こうと近づいたら、話が聞こえてしまった」

急にすまないと謝りつつ、高彪は逸る気持ちを抑えて再度問いかける。

「それで、君たちが話していたのは？　琥珀のことなら、どうか教えてくれないだろうか……！」

先ほど雨京は、琥珀が高彪に言えないでいることがあると言っていた。

それはもしや、コタの一件ですれ違う前に琥珀が思い悩んでいたことではないだろうか。

（あの時俺は、琥珀は男の身で妊娠したことに戸惑っているのだろうとばかり思っていた。……だが、本当にそうなのか？）

琥珀に一人にしてほしい、しばらく顔を見たくないと言われたことが衝撃的すぎて、すっかり夫としての自信を喪失し、自分が不甲斐ないから琥珀が悩みを打ち明けられなかったのだろうと思考停止してしまっていたが、琥珀がそこまで自分を信頼してくれていなかったとは思えない。

琥珀は、高彪の子を産みたいと望んでくれた。懐妊が分かった時は、高彪と同じくらい喜び、幸せだと、嬉しいと、言葉と匂いで伝えてくれた。

彼は自分を愛し、信じてくれている。

その彼が、自分に言えずに悩んでいたことは、もっと大きな――、もっと大変な悩みなのではないだろうか。

自分はなにか、重大なことを見落としていたのではないだろうか――。

高彪は戸惑ったように顔を見合わせる晴太と雨京に、再度頼み込んだ。

「頼む……！　実は今、事情があってあまり彼と話せていないんだ。だが、俺は彼を失うようなことがあったら、とても生きていけない。琥珀がなにか悩みを抱えているなら、それを君たちが知っているなら、どうか教えてくれ。この通りだ……！」

深く頭を下げた高彪に、雨京が慌てて歩み寄ってくる。

「な……っ、おやめ下さい、白秋様！」

「…………」

「井上、お前もなんとか……！」

じっと高彪を見下ろしている晴太に、焦ってそう言った雨京だったが、晴太はややあってふうと息をつくと、短く告げた。

「……竜胆、どうやら自分が呪詛で死ぬ未来を予知したらしいんです」

「……なんだと？」

高彪は思わず顔を上げ、晴太をまじまじと見つめ返した。

今――、今、なんと言った？

琥珀が呪詛で、――死ぬ？

「……それは、本当なのか？」

堪えなくてはと頭では思っても、どうしても気が立って、声が剣呑《けんのん》に尖る。

獣のようにギラッと金色の虹彩《こうさい》を光らせた高彪に、雨京が小さく息を呑んで後ずさり、我に返った様子で晴太を咎《とが》めた。

「井上、お前なんで……！」

「言っただろ。俺は、このことは白秋様に話しておいた方がいいと思うって」

「しかし……！」

腕を組んだ晴太がちらっと雨京を視線でいなした後、高彪に向き直る。

「竜胆が雨京に、呪詛のことを調べたいって言ったらしいんです。それで、雨京は書庫に関連の書物があるって教えて……。櫻宮様についてまたなにか予知したのかって聞いたけど、返事が曖昧《あいまい》だった。そうだよな、雨京？」

順を追って事の経緯を話す晴太に、これ以上は隠しておけないと観念したのだろう。雨京が少し憮然《ぶぜん》とした様子ながら話を引き継ぐ。

「……井上の申し上げた通りです。それで、どうにも気になって、竜胆の様子を見に書庫に行ったんです。そうしたら竜胆が御手洗さんに呪詛について尋ねていて、その時、自分が呪詛で死ぬ予知をした、白秋様には話せていないと言っているのを聞いてしまって」

どうやら雨京は、知ってしまった事実を高彪に打ち明けるべきかどうか、晴太に相談していたところだったらしい。


高彪はぐっと拳《こぶし》を握りしめると、二人に再度頭を下げた。

「……教えてくれてありがとう。無理矢理聞き出して、すまなかった。あとは私が琥珀ときちんと話をするから……」

「本当に、あなたにそれができるんですか」

高彪を遮ったのは、晴太だった。

狼狽《うろた》える雨京をよそに、まっすぐ高彪を見据え、疑念をぶつけてくる。

「竜胆はきっと、あなたのことを思いやって言えなかったんだと思います。悲しませたくないとか、驚かせたくないとか、心配させたくないとか。でも、本当は真っ先にあなたに頼りたかったはずだ」

「……ああ」

「竜胆がそれをしなかったのは、できなかったのは、あなたのことを信じきれなかったからじゃないですか？　そんなあなたが、本当に竜胆を守れるって約束できますか!?」

耳に痛い言葉を、高彪はぐっと唇を引き結んですべて受けとめた。

――彼の言うことは、正しい。

琥珀の心の拠《よ》り所《どころ》になれなかったのは、すべて自分が不甲斐ないからだ――。

「……約束する。俺は必ず、琥珀を守る。俺は、彼が選んでくれた夫なのだから」

始まりは政略結婚でも、琥珀は高彪を愛し、選び、夫と認めてくれた。

その彼をなにがあっても守り抜くのは、夫である自分の務めだ。

高彪は少しだけ表情をゆるめると、二人に微笑みかけた。

「琥珀を、……竜胆を気にかけてくれて、ありがとう。どうかこれからも、友達でいてくれ」

こんなにも琥珀のことを大切に思ってくれる友人ができて、本当によかった。

改めて頭を下げた高彪に、晴太がにかっと笑って言う。

「言われるまでもありませんよ。俺たちは親友ですから！　な、雨京！」

「……オレは竜胆とは友達だけど、お前のことは友達だと認めた覚えはない」

名前で呼ぶな名前で、と唸った雨京が、高彪に告げる。

「竜胆なら、櫻宮様のところです。さっき御手洗様のところから帰ってきてすぐ、呼ばれていました」

「そうか。ありがとう」

親友だろ、違う、と引き続きじゃれ合っている若者たちに苦笑しつつお礼を言って、高彪は二人と別れた。

踵《きびす》を返したその表情は、自分でも分かるほど強ばったものだった。

（……すぐに、琥珀から話を聞かなければ）

おそらく琥珀が自分の死を予知したのは、コタの力が暴走して意識を失った時だろう。思い返せばあの時、琥珀はなにか言いかけていた。

その後、高彪が懐妊を告げた為、きっと琥珀は自分の予知した未来について言い出せなくなってしまったのだ。

（道理で、ずっと悩んでいたはずだ。あの時からずっと、一人で思い悩んでいたなんて……！）

自分はどうして、琥珀の苦悩に気づいてやれなかったのか。

心細かっただろう、怖かっただろう琥珀の胸中を思い、ぐっと熱いものが込み上げた高彪だったが、その時、先ほどまで高彪が訪れていた御所の方から、部下が馬で駆けてくる。

「白秋様、大変です！　神殿で火事が……！」

「……っ、分かった、すぐ行く……！」

（間の悪い……！）

もう目と鼻の先の櫻宮の御所を見上げ、くっと唇を引き結ぶ。

気は焦るが、宮中で火事となれば対処しないわけにはいかない。

高彪は飛び降りた部下と入れ違いに馬に飛び乗り、すぐさま馬首を返した。

「ハ……ッ！」

馬の腹を蹴って駆けさせた高彪の銀糸のような髪が、落ちゆく夕陽に赤く、赤く煌めいていた――。

◇

カコ、と外した天井板をいったん下に置いて、琥珀はふうと息をついた。

用意しておいたランタンを持って、再度木製の脚《きゃ》立《たつ》を上がる。

「天井裏ってこうなってるんだ……」

屋敷はいつも桔《き》梗《きょう》や茜《あかね》を始めとした女中たちが隅々まで綺麗に掃除してくれているが、さすがに天井裏まで掃除する機会はそうないらしい。

埃《ほこり》っぽい空気にケホ、と小さく咳き込みつつ、琥珀はランタンで暗い天井裏を照らした。

——昨日、書庫で御手洗に助言をもらった琥珀は、休日の今日、早速屋敷の天井裏を探してみることにした。

（本当は、ちゃんと高彪さんに話してからにしたかったけど……）

予知のこと、そしてコタのことを話すつもりでいた琥珀だったが、高彪は昨日の夕方、神殿で起きた火事の対処に追われているらしく、昨夜は屋敷に帰ってこなかった。

火事はどうやら、琥珀が御手洗に護符を授けてもらい、神殿を後にした直後に起きたらしい。今は使われていない物置小屋で起きたとのことで、昨日は櫻宮の御所もその話題でもちきりで、皆落ち着かない様子だった。だが、幸い小火《ぼや》で済み、怪我人も消火活動の際に軽い火傷を負った人がいたくらいだったそうだ。

とはいえ、普段人気のないところからの出火ということは、放火の疑いが強い。御所の警備責任者の高彪は、事によるとしばらく御所に詰めなければならないかもしれない。

（高彪さんとしばらく会えないなんて……）

予知のこともあって気持ちが落ち着かず、琥珀は昨夜、一週間ぶりに高彪の部屋で眠ろうとした。

だが、広い寝台に一人きりで横たわっていると余計に寂しくて、結局朝方になるまで眠れなかった。

（……早く、帰ってきてくれたらいいな）

高彪に話したいことが、話さなければならないことが、たくさんある。

だが、高彪はいつ帰ってこられるか分からない。もし呪詛が仕掛けられていたとしたら、高彪の帰りを待つ間にも呪詛が進んでしまうかもしれない。

狙いは自分とはいえ、お腹の子にどんな影響があるか分からないし、もしかしたら屋敷の皆にも危険が及ぶかもしれない。

（早く呪符を見つけて、処分しないと……）

まずは自分の私室からと、庭師から借りてきた脚立を持ち込んだ琥珀は、その上にしっかり立って天井裏を覗《のぞ》き込み——、息を呑んだ。

「……あった」

そこには、梁《はり》に立てかけられた札があったのだ。

昨日御手洗に見せてもらった絵図と同じ、流麗な紋様が朱墨で描かれた和紙に包まれた、札が——。

（まさか、本当にこんなものがあるなんて……）

実物を目の当たりにして、一気に緊張してしまう。

あるかもしれないとは思っていたし、見つけるつもりで探していたけれど、本当にこの呪詛で自分は誰かから呪われていたのだ——。

「…………」

琥珀はこくりと喉を鳴らすと、手を伸ばしてその札を取った。

（これが、呪詛……）

すぐに処分しなければと、琥珀はいったん脚立から降りると、用意しておいた風呂敷の上にそれを置いた。代わりに昨日御手洗から授けてもらった護符を手に取り、再び脚立へ上ろうとして——、驚く。

「え……、うわっ!?」

突然、手にした護符が青白い炎に包まれたのだ。

慌てて手を離した琥珀だったが、不思議なことに火傷などはしておらず、それどころか落ちた畳にも延焼する様子はない。ただ取り落とした護符のみが燃えている。

「な……、なに？」

不思議な光景に目を丸くして瞬きを繰り返しつつ、琥珀はとりあえず炎が燃え広がらないように他の護符を遠ざけようとした。だが。

「だめ……ッ！」

叫び声と共に、部屋の中にコタが駆け込んでくる。その後ろから、フウとライも続いて転がり込んでくるのが見えて、琥珀は驚いた。

「え……っ、えっ、どうしたの、コタくん？」

「め！　にぃに、め！」

懸命に琥珀を制したコタが、数枚重ねて置いておいた護符をキッと睨む。その瞳がキラリと光った次の瞬間、護符の山がボッと青白い炎に包まれた。

「うわ……っ！　危ない！　コタくん、下がって！」

琥珀は慌ててコタを下がらせ、広げた風呂敷で炎を消し止めようとした。だが、炎は護符をあらかた焼き尽くすと自然と収まり、立ち消える。

「……っ、消えた……。コタくん、大丈夫？　怪我はない？」

「…………」

「なんだったんだろう、さっきの炎……」

おそるおそる確かめてみるが、焼けたのはやはり護符だけで、畳も風呂敷もまるで焦げ跡がない。ほとんど灰になってしまった護符の山から、かろうじて無事だった二、三枚を取り出した琥珀だったが、それらもところどころが焦《こ》げてしまっていた。

「これじゃ使えないな……。せっかく御手洗さんが用意してくれたのに」

ため息をつきつつ、琥珀は先ほど外した天井板を元に戻し、箒《ほうき》で灰を掃き寄せる。ちりとりに集めた灰を庭の一角に捨てて戻ってくると、コタが呪符に手を伸ばそうとしているところだった。

「コタくん、駄目！　触っちゃ駄目だよ！」

慌てて縁側から上がり、コタを抱き上げる。きょとんとしたコタが、琥珀を見上げて言った。

「にぃに、め？」

「そうそう、めっだよ。これは危ないから、コタくんは触っちゃ駄目」

「にぃには？」

ぎゅっと琥珀にしがみついたコタが、こてんと首を傾げる。

危ないものだと聞いて、琥珀のことを心配してくれたのだろうか。優しい気遣いに、琥珀は微笑みを浮かべて言った。

「にぃには大丈夫だよ。後でちゃんと、燃やしちゃうからね」

「…………」

「ほら、フウたちと遊んでおいで」

コタを畳に降ろし、足元をうろちょろしているフウとライに、頼むね、と視線で伝える。世話焼きな兄貴分たちは、承知とばかりにコタを鼻先で押して促し、ミャウミャウガウガウと賑《にぎ》やかに部屋の外に出ていってくれた。

「……さて、と。護符は燃えちゃったけど、他にも呪符が仕掛けられてるかどうかは確認しないと」

琥珀は焼け残った護符をハンカチに包むと、風呂敷で包んだ呪符を怖々持ち、脚立を小脇に抱えて移動した。

途中途中、行き合う屋敷の面々に、ちょっと探し物をしていてと言い訳しつつ、各部屋の天井裏や床下を確認していく。

「ここにはないか……。……ん？」

物置の床下を覗き込んでいた琥珀は、顔を上げた刹那《せつな》、物陰に隠れる三本の縞々尻尾を視界に捉えて、苦笑を浮かべた。

(もしかして、かくれんぼだと思ってるのかな?)

琥珀がいつもしないような変わった行動をしているから、気になって仕方ないのかもしれない。

困ったなと思いつつも、まあ呪符に触れさせないよう気をつけていれば大丈夫だろうと、そのままにしておく。

(さっきの青い炎みたいな危険なことがあったら困るけど……、正直、一人で呪符を探すの、やっぱり少し怖いし)

だが、コタはもちろんのこと、フウとライも神獣だから、呪詛などの穢《けが》れから悪影響を受ける可能性がある。彼らにも触れさせないよう、気をつけなければならない。

琥珀は呪符を常に手元に置きつつ、次々に部屋を回って十枚ほどの呪符を集めた。

「結構あったな……」

もしかしたら、まだどこかに仕掛けられている可能性はあるが、一応数ヶ月前の改修の時に手が入った部屋は全部見終わった。あとは高彪に話してから、改めて探せばいいだろう。

琥珀は風呂敷に包んだ呪符を庭に持ち出すと、コタたちが少し離れたところにいることを確認した上で、集めたそれらにマッチで火をつけようとした。

——しかし。

「え……」

札に近づけた途端、フ……ッとマッチの火が消えてしまう。風かな、と首を傾げつつ、体で風を遮るようにして別のマッチに火をつけた琥珀だったが、その火もすぐに消えてしまった。

「な……、なに？　なんで?」

訳が分からず、次々にマッチをするが、そのどれもがつけた途端、フッと消えてしまう。

「……どういうこと？」

ついに最後の一本も火が消えてしまって、琥珀は途方に暮れた。

新しくマッチを持ってくることもできるが、うまく火がつく気がしない。

けれど、一刻も早くこの呪符を処分してしまいたい――。

と、その時だった。風呂敷包みを持った柏木《かしわぎ》が、屋敷から出てくる。

「琥珀様？　そちらで一体なにを？」

「えっと、部屋の整理をしていたらいらないものが出てきたので、たき火でもしようかなって思ったんです。柏木さん、その包みはなんですか？」

歩み寄ってきた柏木にそう問い返すと、柏木が風呂敷包みを掲げて答える。

「高彪様のお着替えです。神殿に詰めていらっしゃるようで、本日もお戻りになれないと連絡がありましたので、お届けに」

「っ、それ、僕も一緒に行ってもいいですか？」

柏木の返答に、琥珀は勢い込んで聞いた。

もしかしたら高彪に会えるかもしれないし、会えなかったとしても、神殿には御手洗がいる。呪符の処分を頼めるかもしれない。

「ええ、もちろんです。一緒に参りましょう」

「はい！　先に馬車に行っていて下さい！　すぐ追いかけます！」

かしこまりました、と柏木が去るのを見送って、琥珀は急いで呪符をかき集め、風呂敷に包み直す。

(この護符も持っていこう。謝って、できればもう一度作ってもらえないか頼んでみないと……！)

ハンカチに包んだ護符を結び目に差し込み、胸元に抱えて走り出す。

玄関ポーチに停められた馬車に乗り込む琥珀の姿

を、コタと仔虎たちが尻尾を揺らしつつ、心配そうに見つめていた――。

お連れの方はこちらでお待ち下さいと案内の神官に言われ、柏木と控え室で別れた後、琥珀が向かったのは御手洗の執務室だった。

神官がノックしてすぐ、中から応《いら》えがある。

「どうぞ」

「失礼致します。お客様をお連れしました」

神官に続いて琥珀が足を踏み入れた執務室は、こぢんまりとした一室だった。華美な装飾品などはなく、床には毛足の短い絨毯《じゅうたん》が敷かれ、壁には歴代の祭祀長の白黒写真が飾られている。

窓際の大きな執務机で仕事をしていたらしい御手洗が、立ち上がって案内の神官をご苦労様とねぎらいつつ下がらせ、手前のソファを琥珀に勧めてくれる。

「ああ、琥珀殿。どうぞ、そちらにおかけ下さい。すみません、あいにく高彪様は今、ちょうどご自分の執務室に戻っていらっしゃいまして」

「そうなんですね……。でも僕、御手洗さんにもご相談があって」

高彪とすれ違いになってしまったのを残念に思いつつ、琥珀は抱えていた風呂敷包みをソファの前のテーブルに置いた。

「実は今日、早速屋敷の天井裏などを調べてみたんです。そうしたら、御手洗さんが仰《おっしゃ》っていた通りこれが見つかって」

包みを開いて中の呪符を見せると、御手洗はすぐに深刻な表情で頷いて言った。

「……確かに、これは呪詛の札です。こんなにたくさんあったのですね」

「はい、僕も驚きました。でも、すぐに燃やそうとしたんですが、何故か火がつかなくて」

琥珀は説明しつつ、ハンカチも開いて燃え残った護符を見せた。

「しかもどうしてか、御手洗さんからいただいた護符が自然に燃えてしまったんです。青白い炎が出て、あっという間に全部……。あの、せっかくいただいたのに、申し訳ありません」

「いえ、いいんですよ。それはきっと、この呪詛の力が強すぎるせいでしょう。だから燃やそうとしても燃えなかったし、反対に護符が燃えてしまったのだと思います」

こちらは私が処分しておきますね、と微笑んで、御手洗が呪符を再度風呂敷で包む。続いて燃え残った護符もハンカチで包み直した御手洗は、それらを手に立ち上がった。

「少しこちらでお待ち下さい。今、代わりの護符を用意して参ります」

「ありがとうございます。お手数をおかけします」

立ち上がり、ぺこりと頭を下げた琥珀に穏やかに頷いて、御手洗が部屋を出ていく。

一人きりになった部屋の中、琥珀はようやくほっと息をついてソファに座り直した。

(御手洗さんがいてくれて、本当によかった……。あとは護符を置いて回れば、きっともう大丈夫だ)

また脚立を持って屋敷中を回らなければならないのは少し大変だが、白秋家を守ってくれる大事な護符だ。大切に置かせてもらおう。

(護符を置いて、高彪さんとも話ができたら、御手洗さんになにかお礼がしたいな。高彪さん、相談に乗ってくれるかな)

仕事の邪魔をするわけにはいかないから、高彪の執務室まで押しかけるつもりはないが、それでも早く高彪に会いたい。

予知のことを話したら驚かせてしまうかもしれないが、もう解決したから大丈夫だと言えば、きっと高彪も安心してくれるだろう。

（……早く、お帰りなさいって言いたい。高彪さんの声が聞きたい）

今日は帰れないということだったが、明日は帰ってこられるだろうか。高彪の好物でもある餃子を作って待っていようか。

ソファに背を預けた琥珀が、思いを巡らせていた、――その時だった。

不意に、遠くからドカドカと複数の荒々しい足音が近づいてくる。

静謐《せいひつ》な神殿に似つかわしくない、ただならぬ雰囲気に、琥珀は身を起こしてドアを見つめた。

「……？　なんだろう……」

と、ほどなくして執務室のドアがノックもなしに開かれる。

現れたのは、武装した兵士たちだった。

「いたぞ！　捕らえろ！」

「え……、っ、なんですか!?」

たちまち兵士に取り囲まれ、驚いた琥珀だったが、兵たちは琥珀をソファから立たせると、無理矢理後ろ手に拘束しようとする。

「な……っ、やめて下さい！　なんなんですか、一体!?」

身を捩《よじ》り、必死に抵抗しようとする琥珀だが、とても力では敵《かな》わない。たちまち複数の兵に押さえ込まれた琥珀は、焦って声を上げた。

「誰か……！　誰か、助けて下さい！　誰か！」

一体どうしてこの兵士たちは自分を捕らえようとしているのか。一体自分はなにをしたのか。

混乱する琥珀だが、その時、部屋に御手洗が戻ってくる。琥珀はほっとして御手洗に訴えた。

「御手洗さん、助けて下さい……！　この人たちが、いきなり……！」

「…………」

しかし御手洗は、チラ、と琥珀を一瞥しただけでなにも言葉を発しない。

「御手洗さん……？」

どうしてと戸惑う琥珀をよそに、兵士の一人が御手洗の前に進み出て言った。

「祭祀長様、通報まことにありがとうございます！　おかげで櫻宮様に呪詛を仕掛けた犯人を捕らえることができました！」

「……っ、な……」

兵士の言葉に、琥珀は大きく目を瞠《みは》った。

自分が、呪詛の犯人――？

「ま……、待って下さい！　僕が呪詛の犯人って、一体なにを言っているんですか!?　そんなことあるわけ……」

「黙れ！」

「……っ！」

しかし、琥珀がそう訴えるなり、背後の兵士が琥珀の拘束を強くする。

押さえ込まれた腕に走った痛みに、琥珀はぐっと顔を歪めて悲鳴を呑み込んだ。

「お前が妃殿下を弑《しい》し奉《たてまつ》ろうとした証拠は既に押さえている！　これに見覚えがあるだろう！」

兵士が突きつけてきたのは、先ほど琥珀が御手洗に渡した護符だった。ところどころ焦げた数枚の札が、琥珀のイニシャルが刺繍《ししゅう》されたハンカチに包まれている。

「これは……」

「これはお前の持ち物だな？」

兵士に確認されて、琥珀は躊躇いつつも頷いた。

「……そうですが、これがなにか？」

「これは、櫻宮様の御所の床下から見つかった呪符と同じものだ！」

「え……」

兵士の一言に、琥珀は大きく目を瞠《みは》った。

これが、――呪符？

「ち……、違います！　これは護符で……っ」

「いいえ、これは呪符で間違いありません」

慌てて声を上げた琥珀を遮ったのは、それまで黙っていた御手洗だった。冷ややかな目で琥珀を見つめて言う。

「おそらく、一連の騒動は彼の自作自演だったのでしょう。彼は帝に取り入る為、櫻宮様の御所の床下にこの呪符を仕掛け、予知をしたと偽ったのです。なんと卑劣な……！」

「御手洗、さん……」

信じられないことを言い出した御手洗に、琥珀は頭が真っ白になってしまう。

（どうして……、だってこの護符は御手洗さんが授けてくれたもので……）

どういうことなのかと混乱しかけて、琥珀はハッと思い至る。

（まさか……、御手洗さんは最初から僕に護符と偽って、呪符を渡した……？）

彼がそんなことをした理由は、考えられる限りただ一つ。

琥珀を、呪詛の犯人に仕立て上げる為だ。

つまり、彼が櫻宮を狙った真犯人――！

「……っ、あなたは……！」

「……連れていきなさい」

琥珀の表情が変わったのに気づいたのだろう。琥珀からスッと視線を外した御手洗が、兵士に命じる。

「その者は、私を逆恨みしています。大逆罪を犯した者の言葉などに、耳を貸さないように」

「は……！　おい、連れていけ！」

御手洗に一礼した兵士が、琥珀を拘束する兵たちに命じる。

　無理矢理執務室の外に引きずり出され、琥珀は必死に叫んだ。

「っ、待って！　待って下さい！　僕じゃない！　犯人は彼です！　御手洗さんです……！」

　兵たちに押さえられながらも懸命に身を捩《よじ》り、琥珀は背後を振り返った。

「御手洗さん、自首して下さい！　なんでこんなと……！　御手洗さん！」

「………」

　琥珀の叫びに、うっすらと御手洗が笑う。目を細めた彼は、声には出さず、唇の動きだけで告げた。

　——あなたが、悪いんですよ。

「……っ、御手洗さん……！」

　悔しさに目を潤ませた琥珀の視線の先で、執務室のドアが閉められる。

　目の前が真っ暗になるような絶望に襲われながら、琥珀は遠ざかるドアに向かって、必死に叫び続けた——。

そうになるのを必死に堪えて、琥珀は言った。

「……あれは、御手洗祭祀長から護符だと言って渡されたものです。あの呪符を持っていた彼こそ、櫻宮様に呪詛を仕掛けた真犯人です」

――琥珀が捕らわれてから、数刻が経った。

窓の外はすっかり日が暮れて、真っ暗だ。

捕らわれてすぐは石造りの牢に入れられていた琥珀だが、ほどなくしてこの部屋に連れてこられ、それからずっと尋問をされている。

最初は大声で怒鳴りつけられ、恐怖でほとんど声を発することもできずにいた琥珀だが、黙っているということは罪を認めるということだな、と都合よく曲解されそうになった為、懸命に事実だけを答え続けている。幸い暴力は振るわれていなかったが、それが誰の指示によるものなのか、琥珀には確信があった。

（……高彪さんだ。きっと高彪さんが、僕が捕まっ

◇

バンッと目の前の机を乱暴に叩かれて、琥珀はびくっと肩を震わせた。簡素なイスに座らされた琥珀の手首は、縄で前に縛られている。

「もう一度だけ聞くぞ。櫻宮様の御所に呪詛を仕掛けるよう、お前に指示したのは白秋高彪……、そうだな？」

「……違います」

ぐっと拳を握りしめて、琥珀はもう何度目になるのか分からない、同じ答えを返した。

「高彪さんは僕になにも指示していませんし、僕も呪詛を仕掛けたりしていません。僕は、無実です」

「ならどうして、お前が呪符を持っていたんだ！」

苛立《いらだ》ったように声を荒らげた兵士が、またバンッと琥珀の前の机を叩く。大きな音と鋭い怒声に震え

たと知って、乱暴しないように命じてくれたんだ）

だが、この兵は先ほどから、琥珀の裏で高彪が指示していたという言質《げんち》を取りたがっている。おそらく高彪は呪詛の捜査から外され、それどころか真犯人として疑われているのだろう。

（高彪さんを疑うなんて……！）

自分が御手洗に騙《だま》されたせいで、高彪に迷惑がかかっている。そのことが申し訳なくて、悔しくてたまらない。

じっと俯《うつむ》き、軽率に御手洗を信じた自分を恥じている琥珀に、兵士が先ほどとは打って変わった猫なで声で言う。

「……なあ、あんたも牢屋の固い床で寝るのなんて嫌だろう？　オレたちだって、なにも白秋様が真犯人だなんて本気で思ってるわけじゃない。これは、白秋様のご指示なんだ」

「……指示？」

聞き返した琥珀に頷いて、兵士が続けた。

「ああ、よっぽどあんたのことが心配なんだろうな。自分が代わりに尋問を受けると仰ってる。だからあんたの口から、あれは自分の指示だったと言わせるよう、ご命令が下ってたな」

「…………」

「あんたが一言認めてくれれば、あとは白秋様がちゃんとあんたの無実を証明してくれる。ここは白秋様の思いを汲《く》んで……」

優しげな声で言う兵士に、琥珀はきっぱりと言った。

「高彪さんが僕に嘘をつくよう強要するなんて、ありえません」

「…………」

「高彪さんは、僕の無実を信じてくれています。でもそれと同じくらい、僕がちゃんと戦えることも信じてくれています」

兵士たちが自分を見た目で侮《あなど》っていることは、ひしひしと感じている。これが、高彪と琥珀の関係を調べ上げた上で、高彪がいかにも言い出しそうなことを並べ立てた、嘘だということも。

(高彪さんは確かに、僕のことをいつも気にかけてくれている。でも、僕がなにもできない弱い人間だなんて、欠片《かけら》も思ってない)

高彪と一緒になる前の自分だったら、兵士の言葉を鵜呑《うの》みにしていたかもしれない。

でも今の自分は、自分に自信が持てず、耐えることと、我慢することだけを考えていたあの頃の自分とは違う。それは、高彪が自分を愛し、信じ続けてくれているおかげだ。

高彪はいつも、琥珀がしたいことを尊重し、それが実現できるよう、助言や助力をしてくれた。自分に自信のない琥珀を、誰よりも信じてくれた。

だから琥珀も、強くなれる。高彪が自分を信じてくれていると、自信を持って行動できる。

高彪は決して、自分に嘘をつくよう強要したりしない。

たとえ一時的にでも彼に罪を着せるなんて、そんな愚かなことを琥珀がすると思うはずがない。

(ここで僕が鵜呑みにして高彪さんを身代わりにしたら自分の罪を認めることになるし、高彪さんまで罪に問われてしまう。絶対に、絶対に認めるわけにはいかない……!)

琥珀は兵士をまっすぐ見つめ返すと、同じ答えをもう一度、繰り返した。

「高彪さんは僕になにも指示していませんし、僕も呪詛を仕掛けたりしていません。僕は、無実です」

「……っ、強情なやつめ……!」

化けの皮が剝《は》がれた兵士が、カッと目を見開いて激昂《げっこう》する。

振り上げられた手に、咄嗟《とっさ》に目を瞑《つむ》って肩を縮めた琥珀だったが、それは別の兵士によってとめられた。

「おい、よせ！　手は上げるなと厳命されているだろう！」

「……くそっ」

悪態をついた兵士が、連れていけ、と他の兵に命じる。イスから立たせられた琥珀は、部屋から連れ出され、元の牢へと押し込められた。

「明日はもっと厳しい取り調べになるからな！」

バサッと乱暴に毛布を放り投げた兵が、そう言い捨てて鉄格子の鍵をかける。

狭い牢の中でしばらくじっとしていた琥珀は、やがてのろのろと床に膝をつき、縛られたままの手で毛布を摑むと、固い壁にもたれて床に座り込んだ。不自由な手で布を広げ、どうにか自分の体にかけて、ようやく一息つく。

（高彪さん、きっと心配してるだろうな……）

先ほどの甘言は嘘だとすぐ分かったが、それでも高彪ならああいったことを言い出しかねないと思うくらいには、高彪に心配をかけてしまっている自覚はある。

（……これから、どうしたらいいんだろう）

高い位置にある、鉄格子の塡《は》められた小さな窓を見上げて、琥珀は唇を引き結んだ。

縄が擦れて痛む手首は、うっすら鬱血《うっけつ》してしまっている。食事は与えられておらず、喉も緊張でカラカラだった。狭い石造りの牢は、外気が直接入り込んでいることもあってどこもかしこも冷たく、身を縮こまらせていてもどんどん体温が奪われていく。

（このままじゃ、赤ちゃんに悪い影響があるかもしれない……。でも、妊娠してることを話して、もしお腹の子に危害を加えられたりしたら？）

琥珀の予想通り、暴力を振るわないよう命令が下されているようだったが、先ほどの兵士はそれでもカッとなって手を上げかけていた。今日はとめてくれる兵士がいて助かったが、明日からも大丈夫とは限らない。

お腹に子供がいると知られれば、そこを狙われる可能性だってある。それどころか逆手に取られ、無事に産みたいなら罪を認めろと脅されるかもしれない。

琥珀は縛られたままの手を下腹に当てて俯いた。

(この子は、僕が絶対に守らなきゃ……。でも、どうやって?)

ここから早く出る為には、自分の無実を信じてもらう必要がある。それにはやはり、真犯人が御手洗だと証明しなければならないだろう。

別れ際の御手洗のうすら笑いが脳裏に甦って、琥珀はぐっと眉を寄せた。

――屋敷で天井裏や床下を探していた際、御手洗から渡された呪符が燃えたのは、もしかしたら近くにいたフウとライの仕業《しわざ》だったのかもしれない。

神獣の彼らは、呪符の穢れを察知して呪符を燃やしたのだろう。あの青白い炎が他に燃え広がらず、琥珀が触れても火傷を負わなかったのは、神獣たちの神力の炎だったからに違いない。

(フウとライのおかげで、呪詛は回避できた……。僕が予知したあの未来は、きっと変わったはずだ)

だが、いくら呪詛を回避できたとしても、このままでは自分は罪を着せられてしまう。

もしかすると自分は、あの予知よりもっと悪い未来に進んでしまっているのではないだろうか。

このままでは、お腹のこの子の命すら、危ういのではないだろうか。

(……っ、そんなこと、ない。絶対に、絶対に、ない……!)

悪い方へ、悪い方へと進んでしまう考えを必死に否定して、琥珀は頭を振った。

今この時は、必ず未来に繋がっている。

よりよい未来を、大切な人たちを守り抜ける未来を手にする為には、ここで落ち込んでいるわけにはいかない。

（……僕と、僕の赤ちゃんだけの問題じゃない。僕がこのまま罪を着せられてしまったら、櫻宮様が、帝の御子様のお命が、危ない）

御手洗が櫻宮を狙った動機は不明だが、彼が琥珀を狙った理由はおそらく、琥珀が櫻宮の呪詛を阻止したからだろう。というか、それくらいしか思い当たらない。

なにせ琥珀と御手洗との接点は、帝から出仕を打診された時と、先日書庫で会った時を除くと、櫻宮の居室に祭祀の打ち合わせで訪れていた彼とすれ違いざまに幾度か挨拶をしたことくらいしかない。櫻宮の呪詛を阻止した以外、恨みを買うほどの関わりがないのだ。

（だとすれば、邪魔な僕を排除した後、あの人はきっとまた櫻宮様を狙う……！）

そんなことは絶対にさせない。一度ならず二度までも、櫻宮の身を危険に晒《さら》すわけにはいかない。

しかし、取り調べの兵士たちは、こちらの話にまるで耳を貸さず、罪を認めろと一方的に責め立ててくるばかりだ。

このままでは、自分の無実を信じてもらうことはおろか、御手洗を調べてもらうことすらできない。

一体どうすれば、とぎゅっと目を閉じた琥珀だったが、その時、不意に声が聞こえてくる。

「ですから、罪人に不用意に近づくのは危険ですので……！」

「あら、でもまだ罪が確定したわけではないのでしょう？」

馴染みのある女性の声に、琥珀はパッと顔を上げて驚愕した。

（まさか……、まさかあの声は、櫻宮様――？）

「それに、不用意ではありません。こうしてきちんと三人も護衛を連れてきております」

「ですが……！」

「お黙りなさい！」

ついぞ聞いたことのない、櫻宮の鋭い叱責が聞こえてきて、琥珀は自分の耳を疑ってしまった。

（え……、ほ、本当に、櫻宮様……？）

しかし、すぐ近くで足をとめたらしい櫻宮は、凛《りん》とした声で更に兵士を叱責する。

「私は、帝のお許しを得てここに参ったのです。それを阻《はば》むのは、帝のご意向に反すること。あなたは、帝に背く覚悟がおありなのですか？」

「い……、いいえ、滅相《めっそう》もない……！」

「でしたら、早くこちらの鍵をお出しなさい。私がよいと言うまで、誰も近づかないように。もちろん、私がここに来ていることも他言無用です。分かったなら、お下がりなさい」

ぴしゃりとやり込めた櫻宮に、兵士が幾分不服そうな声で引き下がる。

「……かしこまりました。おい、行くぞ」

見張りに声をかけた兵士が去っていく気配に、琥珀は固唾《かたず》を呑んだ。

ほどなくして、扉の鍵を開ける音がし、あたたかそうな外套に身を包んだ櫻宮が現れる。その背後には、外套の頭巾《ずきん》を目深に被《かぶ》った三人の護衛の姿もあった。

「っ、櫻宮様……！」

「琥珀！　ああ、大丈夫？　待っていて、今鍵を開けるわね」

櫻宮の後ろに控えていた護衛の一人が、二重になっていた鉄格子の鍵を開ける。迷いなく牢の中に足を踏み入れた櫻宮が、床に膝をついて琥珀を抱きしめた。

「櫻宮様、いけません……！　このような寒い場所にいらしては、お体に障ります！」

「それを言うなら、あなたもよ」

目を潤ませて櫻宮がそう言うそばから、護衛の一人が膝をついて頭巾を取り、自らの外套を脱ぐ。

大きな外套をふわっと肩にかけられた琥珀は、お礼を言おうと護衛を見上げて――、息を吞んだ。

「……っ、た……、かとら、さん……」

「……迎えに来るのが遅れてすまない、琥珀」

そこにいたのは、会いたいと思い描いていた最愛の人、高彪その人だった。

「……っ！　高彪さん……！」

込み上げる熱いものに声を震わせる琥珀をしっかりと抱きしめて、高彪が謝る。

「無事でよかった……。こんなことになって、本当にすまない。君がつらい時にそばにいなかった俺を、どうか許してくれ」

「そんな……っ、そんなこと……！」

高彪が謝ることなんて、なにもない。懸命に頭を振り、言葉を紡ごうとするけれど、高彪に会えた喜びで胸がいっぱいで、思うように声が出てこない。

「無理をするな、琥珀。どこか怪我はないか？」

優しい声で問いかけた高彪が、そっと身を離し、縛られた琥珀の手を見て、サッと表情を険しいものに変える。

「……っ、よくもこんなことを……！」

瞳を怒りに燃え上がらせながらも、高彪はすぐに縄を解きつつ、琥珀をいたわってくれた。

「こんなに鬱血して、痛かっただろう。心細い思いをさせて、すまない。怖い思いをさせて、本当に悪かった」

「謝らないで下さい、高彪さん。高彪さんのせいじゃないんですから」

解いてもらった手で涙の滲《にじ》む目元を拭《ぬぐ》い、ありがとうございますとお礼を言った琥珀に、高彪が首を横に振る。

「いいや、俺は君の夫だ。君を守るのは、俺の務めだ。にもかかわらず、君のことを守りきれず、こんな目に遭《あ》わせてしまった。俺のせいで、君を苦しめてしまった」

「……でも、こうして来てくれました」

自分よりよほどつらそうな顔をしている夫に微笑みかけて、琥珀はようやく自由になった腕で高彪を抱きしめた。

「ありがとうございます、高彪さん。僕の方こそ、心配かけてごめんなさい」

「……琥珀」

ほっと肩の緊張を解いた高彪が、琥珀を抱きしめ返してくれる。

目を閉じ、高彪の香りを胸いっぱいに吸い込んでから、琥珀はそっと身を離した。傍《かたわ》らでにこにこと見守ってくれていた櫻宮にも、改めてお礼を言う。

「櫻宮様も、ありがとうございます。……あの、僕は決して櫻宮様のお命を狙ったりしていません。櫻宮様に呪詛を仕掛けたのは……」

「御手洗、であろう？」

琥珀を遮ったのは、もう一人の護衛だった。穏やかなその声と口調には、覚えがある。

「え……？　っ、まさか……!?」

「言ったでしょう？　ちゃんと帝のお許しを頂戴《ちょうだい》しているって」

悪戯《いたずら》っぽく、くすくす笑った櫻宮が、立ち上がってその隣に立つ。

櫻宮をそっと抱き寄せつつ、外套の頭巾を取ったその男性は、声と同じく上品ですっきりと整った顔立ちをしていた。

顔に見覚えはないが、当たり前だ。なにせ――。

「御簾のない場所では初めて会うのう、琥珀よ」

「陛下……!?」

思わず声を上げて立ち上がった琥珀に、残りの一人が頭巾を取りつつ言う。

「しー、声が大きいぞ、琥珀ちゃん」

「か……、影彪《かげとら》さんまで……」

まさかこの三人が櫻宮の護衛とは。

一体どういう取り合わせだと驚いた琥珀に、高彪が説明してくれる。

「俺が、琥珀に会わせてくれと帝に申し上げに行ったところ、同じ用件で櫻宮様がお見えでな。護衛に扮してお供することになったんだが、帝が……」

「大事な妃を、一人でこのような場所に行かせるわけにはゆかぬ」

「……と、仰るものでな」

きっぱりと言った帝に、高彪が苦笑を浮かべる。

「頼もしい護衛ぶりでした、陛下」

ふふ、と微笑んだ櫻宮に、帝が笑みを浮かべて言った。

「宮こそ、兵士を相手に啖呵《たんか》を切るなど、実に勇ましい淑女ぶりであったぞ。すっかり惚れ直してしまった」

「まあ、お上手ですこと、でも、今からそんなことでは困りますわ」

ほんのり桜色に頰を染めつつも、櫻宮が悪戯っぽく笑う。おや、と楽しげに目を輝かせた帝が聞き返した。

「と、いうと?」

「だって私、これから陛下のお子をたくさん産んで、健《すこ》やかに育てるつもりですのよ。私が強い母になったら、きっと陛下はもっともっと私に惚れ直してしまいますでしょう?」

ふふ、と口元を隠しつつはにかむ櫻宮に、帝が蕩けそうな笑みを浮かべて頷く。

「ああ、確かにそれは骨抜きにされてしまいそうだ。

「だが、困りはしないな。私はもうとっくに宮に夢中なのだから」

「ま」

帝に腰を抱かれた櫻宮が、ますます頬を染める。

表を確認して戻ってきた影彪が、やや呆《あき》れたように二人に言った。

「……お二人共、二人の世界に浸るのはそれくらいでご勘弁願えますか。こちらへどうぞ」

見張りが使っていたのだろう、簡素なイスを運んできた影彪が、牢の外に並べて促す。一方のイスにハンカチを広げ、櫻宮の手を取って優雅に導く帝を眺めつつ、影彪がぼやいた。

「ま、そんなこんなで、俺まで高彪に駆り出されてな。いくら宮中とはいえ、さすがにお二人の護衛が高彪だけってわけにもいかんだろ」

「口の堅い叔父を持って、俺は幸せ者です」

感謝を述べる高彪に、影彪が苦笑する。

「はいはい。人使い荒い甥っ子を持って、俺も幸せだよ。俺は表を見張ってるから、ゆっくり話せよ、高彪。琥珀ちゃんも」

「はい。ありがとうございます、影彪さん……！」

お礼を言った琥珀にひらひらと手を振って、影彪が部屋の外へと向かう。

その背を見送りつつ後に続こうとした琥珀だったが、それより早く、高彪が琥珀を抱き上げて、牢の外へ連れ出してくれた。

「た……、高彪さん。僕、普通に歩けますから」

「知っている。俺がこうしたいんだ」

甘く微笑んだ高彪が、帝たちの近くにあった長椅子に琥珀を下ろす。

「ありがとうございます……。……すみません」

これでは帝たちのことを言えない、と赤くなりつつお礼を言った琥珀は、高彪が自分の隣に腰を落ち着けるのを待って、帝に問いかけた。

「あの……、陛下は御手洗さんが犯人だと、いつお知りになったんですか？」

「つい先ほどだ。高彪が知らせてくれた」

水を向けられた高彪が、頷いて言う。

「君が兵に捕らわれたと言って、柏木が駆け込んできてな。櫻宮様を呪っていた呪符と同じものを持っていたらしい、と。それですぐに井上晴太と田野倉雨京を呼んで、事情を聞いたんだ」

「晴太くんと雨京さんを？」

どうして二人をと戸惑った琥珀に、高彪が告げる。

「実は、田野倉くんは昨日、君が御手洗と書庫で話しているのを聞いていたそうだ。琥珀を心配して追いかけて、偶然聞いてしまったらしい」

「え……」

まさかあの場に雨京がいたなんて、思ってもみなかった。驚きに目を瞠りつつも、琥珀は緊張に身を強ばらせた。

あの時、自分は御手洗に呪詛のことを相談していた——。

きゅっと膝の上で袴《はかま》を握りしめた琥珀に、高彪がそっと手を重ねる。大きな手で琥珀の拳を包み込んだ高彪の表情もまた、緊張に強ばっていた。

「……俺は、田野倉くんが井上くんに、そのことを俺に打ち明けるべきかどうか相談しているところに行きあって、二人から話を聞いた。その時、田野倉くんが、君が御手洗のところから帰ってきたと言っていたのを思い出して、改めて詳しく話を聞いたんだ。それで、御手洗が君に護符と偽って呪符を渡したと気づいた」

言葉を切った高彪が、琥珀を見つめて問う。

「……琥珀。君は、自分が呪詛で命を落とす未来を予知した。……そうだな？」

「……っ、はい……。……黙っていて、すみませんでした」

俯いて、琥珀は謝った。

とても高彪の顔を見られない。

高彪はもう、知っていたのだ。

琥珀が、自分が死ぬ未来を予知したことを。

その予知を、高彪に隠していたことを――。

「本当にごめんなさい、高彪さん。僕……っ」

ぎゅっと一層強く袴を握りしめ、再度謝ろうとした琥珀の言葉を、高彪が遮る。

「謝らないでくれ、琥珀。悪いのは俺だ」

「そんなこと……！」

弾かれたように顔を上げ、否定しようとした琥珀だったが、高彪は頭を振って言う。

「いいや、俺が悪い。君が予知したのは、コタの騒動で倒れた、あの時だろう？　……あの時俺は、君が俺の子を宿してくれたことに浮かれて、君が悩んでいることに気づかなかった。君が予知のことを言い出せなくなってしまったのも、喜ぶ俺を悲しませたくなかったからだ。違うか？」

「それは……。でも、あの時は僕も赤ちゃんができたことが本当に嬉しくて……！」

確かに高彪の言う通りだが、結局口を噤《つぐ》んでしまったのは自分だ。高彪はなにも悪くない。

そう思った琥珀だが、高彪は更に苦しそうな表情で言う。

「それだけじゃない。俺は、一番大切な君が悩み苦しんでいる時に、すぐに話を聞くことができなかった。……君がつらい時に独りよがりな配慮をして、そばにいなかった」

「あ……」

苦渋に満ちたその声に、琥珀は思い出す。

高彪は先ほども、『君がつらい時にそばにいなかった俺を、どうか許してくれ』と言っていた。あの言葉は、そういう意味だったのだ――。

「……一人で抱え込ませて、すまなかった」

琥珀をじっと見つめた高彪が、きつく眉を寄せて謝る。

「そばにいられなくて、どうすればいいか一緒に考えてやれなくて、本当にすまなかった。だが、どうかもう、一人でつらい思いをしないでほしい」

「……高彪さん」

「約束する。君のことは、絶対に俺が守る。なにがあろうと、君を死なせたりしない。……信じてくれ、琥珀」

真摯《しんし》に訴えかけてくる瞳を見つめ返して、琥珀は頷いた。

「……はい。僕も、もう一人で抱え込んだりしませ ん」

重ねられた高彪の手を握り返して、琥珀も改めて高彪に謝った。

「すぐにちゃんと話さなくて、ごめんなさい。驚かせて、心配させて、……つらい思いをさせて、すみませんでした」

「琥珀……」

肩の力を抜いた高彪が、その長い腕で琥珀を抱きしめる。

力強くも優しい温もりに、琥珀もほっと安堵の吐息を零したが、その時、それまで黙っていた二人が口を開いた。

「宮、高彪たちも大概《たいがい》ではないか？」

「ええ、私も同じことを思っておりました。あちらこそ二人の世界、ですわねぇ」

（う……）

にやにや、にこにことからかわれて、琥珀は顔を赤らめてもぞもぞと高彪の腕から抜け出した。さすがに少し、恥ずかしい。

「……失礼致しました。そういうわけで、私は琥珀の友人たちに改めて話を聞き、御手洗こそが真犯人だという確信に至ったのです」

相手が帝でなければ何倍もにして言い返したそうな、憮然とした表情で話を元に戻した高彪に、琥珀はずっと気になっていたことを聞いてみた。

「あの……、僕、御手洗さんから屋敷の天井裏や床下に呪詛が仕掛けられていると言われて、実際に札を見つけたんです。あの札は一体なんだったんでしょうか？」

「もしかして、表に朱墨で印が描かれたものか？」

こういう感じの、と高彪が宙に印を結ぶ。琥珀は頷いて言った。

「はい。僕、その印を描いた本を書庫で見せられたんです。この印がある札は呪符だから、見つけたら燃やすようにって」

「いや、それは代々白秋家に受け継がれている護符だ。……そうか、奴は護符を呪符と、呪符を護符と偽ったのか」

「そんな……」

高彪の言葉に、琥珀は愕然としてしまう。

いくら御手洗に騙されたとはいえ、自分はなんてことをしてしまったのだろう。

「ご……、ごめんなさい、高彪さん。僕、御手洗さんに護符を渡してしまいました。呪符だと思って燃やそうとしたんですが、どうしても火がつかなくて、処分してもらおうと思って……」

思えばあの時、護符に火がつかなかったのも、フウとライのおかげだったのかもしれない。

彼らは白秋家の屋敷を守る神獣だ。持ち込まれた穢れである呪符を燃やし、護符を守ったのだ。

青ざめて謝った琥珀に、高彪が思案を巡らせつつ言う。

「……いや、むしろ好都合かもしれない。いくら御手洗でも、四神家の護符を処分するのには相当てこずるはずだ。奴が処分する前に護符を押さえることができれば、物証になる」

「確かに、その田野倉という侍従に証言を頼むにしても、侍従一人の証言だけでは、御手洗が琥珀殿に護符と偽って呪符を授けたことを証明するには、ちと弱いからな」

相槌《あいづち》を打った帝に、高彪が頷いて言う。

「昨日の火事も、おそらく私を足止めするために御手洗が仕組んだものでしょう。調べを進めれば、放火の証拠も必ずや上がって参ります。いくら神殿管轄の物置とはいえ、御所内に放火するなど大罪。御手洗を捕らえねばなりません」

「ああ。だが御手洗も、護符が見つかれば言い逃れできぬことは分かっているはず。奴がどこに護符を隠しているか分からぬ以上、迂闊《うかつ》に動くのは……」

難しい表情で唸った帝だったが、そこでふと、隣の櫻宮に視線を向ける。

「……宮？　どうした、そのように思いつめた顔をして……」

見れば櫻宮は、きゅっと唇を引き結び、深刻そうな表情を浮かべていた。最愛の妃を抱き寄せ、帝が焦ったように言う。

「すまぬ、怖がらせてしまったな。お前を脅かす者は、誰であろうと必ず捕まえてみせるゆえ……」

「お気遣いありがとうございます、陛下。ですが私は怯えているのではなく、少し考えていたのです。もしかして御手洗が恨んでいるのは、私ではなく琥珀なのかもしれない、と」

「僕……、ですか？」

思いもよらないことを言われて、琥珀は驚いて聞き返した。櫻宮がええ、と頷いて告げる。

「実は、以前から気になっていたことがあったの。あなた方が私のところでたまたま行きあって、挨拶した後、御手洗はいつも決まって琥珀の後ろ姿をじっと見つめていたのよ」

「……そうだったんですか」

まったく気づいていなかったが、そんなことがあったのか。驚く琥珀に、櫻宮が続ける。

「最初は、御手洗も竜胆が琥珀だと知っているし、気にかけているのかしらと思ったのだけど……、以前、御所で問題を起こした侍従を思い出したの」

「問題……。もしかして、以前櫻宮様に取り入ろうとしたという侍従のことですか？」

少し前、雨京が琥珀の元に謝罪しに来てくれた時にもその話を聞いた。そのことだろうかと思い当たった琥珀に、櫻宮が頷く。

「ええ。でも、私もいけないの。親身になって話を聞いてくれるものだから、つい話し込んだりしてしまって。気づいた時には、その侍従は私に他の侍従が近づくのをひどく嫌がるようになってしまった。それではいけないと、晶子《しょうこ》から改めるように幾度か注意してもらったのだけど、今度は私の部屋をこっそり荒らすようになって」

「……っ、どうしてそんなこと……」

侍従の意図が分からず、困惑した琥珀だったが、その疑問に答えたのは高彪だった。

「困っている櫻宮様を助けて、関心を引こうと考えたらしい。結局、自作自演だったことが分かり、侍従の職を追われることになったが」

ああ、と頷いて、帝が高彪の話を引き継ぐ。

「宮の部屋を荒らすなど、普通ならば厳罰に処すところなのだが、宮が減刑を願い出てな。優しい宮に免じて、職を解くだけにとどめたのだ」

「……私にも、責任の一端はありましたから」

そもそも自分が目をかけなければ、と悔いている様子の櫻宮に、琥珀はそっと聞いてみた。

「あの……、では櫻宮様は、御手洗さんがその侍従と同じように、僕に嫉妬《しっと》していると……？」

「ええ。琥珀が出仕するようになる前、宮中の神事はすべて、御手洗が禰宜たちと共に取り仕切っていたの。でも琥珀の予知で、その神事が変更になることが幾度かあったでしょう？」

櫻宮の言葉に、高彪が頷いて言う。

「ええ。しかしあの時、禰宜たちは反発していましたが、御手洗は彼らをなだめようとしていました」

「ですが、御手洗は彼らを束ねる祭祀長の立場です。自分たちの占いよりも琥珀の予知が重視されて焦らないわけはないし、嫉妬もしたことでしょう」

立場のある彼は、自分の嫉妬心を表に出すことはなかったが、内心どう思っていたかは分からない。

そう言った櫻宮が、俯いて続ける。

「私が狙われたのは、御手洗の自作自演だったのではないかと思うのです。私に呪詛を仕掛け、頃合いを見計らって助けの手を差し伸べ、信頼や関心を取り戻そうとしたのではないでしょうか」

「……ありえない話ではないと思います」

櫻宮に頷いて、高彪が唸る。

「祭祀長の御手洗ならば、人目を忍んで櫻宮様の御所に呪符を置くことが可能です。ですが、その呪詛も琥珀に阻止されてしまった。そうなれば、余計に恨みを募らせたはず」

「その琥珀殿に、自分の死を予知したと相談されて、機を得たりと護符と偽って呪符を渡した、か」

ふむ、と帝が高彪に相槌を打つ。

琥珀はようやく推測できた御手洗の動機に衝撃を受けながらも、櫻宮に謝った。

「申し訳ありませんでした、櫻宮様。僕のせいで、櫻宮様を危険に晒していたなんて……」

最初に御手洗が櫻宮を呪詛で苦しめたのは、琥珀の存在が御手洗を追いつめたせいだ。そんな意図はなかったとはいえ、責任を感じずにはいられない琥珀に、櫻宮がきっぱりと言う。

「いいえ、琥珀。あなたが謝ることではないわ。悪いのは、呪詛を仕掛けた御手洗よ。帝や四神たちは、彼らの占いと琥珀の予知だけでなく、様々なことを鑑《かんが》みて神事をご変更なさったはず。それも分からず短絡的な手段を選んだのは、御手洗の落ち度と言わざるを得ないわ」

凛とした表情の櫻宮に、惚れ惚れするのう、と彼女の隣で帝が相好《そうごう》を崩す。ありがとうございます、と年上の夫ににっこり微笑んで、櫻宮は続けた。

「……もちろん、御手洗が恨んでいるのは私で、琥珀はそれに巻き込まれただけという可能性もあります。もしそうだとしたら、そこまで恨まれるようなことに心当たりがない私にも、問題がありますわ」

「いずれにせよ、御手洗を捕らえれば動機もはっきりするでしょう」

そう言った高彪に、帝が問いかける。

「だが、どうやって捕らえる？　神殿は、奴の配下の兵で固められている。私が奴を呼び出し、護符のことを問いつめたとしても、知らぬ存ぜぬで通されてしまうだろう」

「……私に考えがございます」

そう言って、高彪はおもむろに自分の懐《ふところ》に手を入れる。なにかを摑み、取り出したその手を見て、琥珀は驚いた。

「フウとライ!?」

開かれた高彪の大きな手には、ぬいぐるみにしても小さい、二頭の仔虎たちが乗っていたのだ。

琥珀を見上げ、ミャウ、ガウ、と口々に挨拶をする彼らを指先で撫でて、高彪が微笑む。

「田野倉くんから話を聞いた後、もし琥珀が持たされた呪符が残っていたら証拠になるかと思って、一度屋敷に帰ったんだ。そうしたらフウとライが、灰になった呪符のところに案内してくれてな。さすがに灰では証拠にならないから、こうなったら牢破りしてでも君を救い出すしかないと、フウとライを連れてきたんだ」

「……今の問題発言は聞かなかったことにしよう」

「さすが、お心が広うございますわ、陛下」

高彪の言葉に渋い顔で唸った帝に、櫻宮がにこにこしながら言う。

ありがとうございます、と二人に苦笑した高彪が、手の上でじゃれ合う二頭を見つめて言った。

「フウとライならどこにでも潜《もぐ》り込めるし、白秋家の力を感じ取れるから、護符も容易に見つけ出せるだろう。騒動を起こして御手洗の注意を引きつけ、その間に護符を探し出してもらう」

「騒動、ですか?」

首を傾げた琥珀に、高彪が珍しくニヤリと笑う。

「ああ。牢破り、だ」

「ろ、ろうやぶり」

それは思いとどまったのではなかったのか、結局実行するのか、帝の前でそんな発言をして大丈夫か、と狼狽える琥珀をよそに、帝が呆れ返ったように言う。

「高彪、お前、琥珀殿を奪われて、実は相当頭に来ているだろう」

「……まさか。俺はただ、こんなところにいつまでも俺の大切な妻と子供をいさせたくないだけです」

「高彪、素が出てるぞ」

帝の突っ込みに、失礼、とにっこり笑う高彪の手の上で、小さな仔虎たちがくあぁ、とあくびをする。ちょいちょいと仔虎たちを指先で構いつつ、櫻宮が微笑んだ。

「頑張ってね、ちびちゃんたち。もちろん琥珀も」

「ええと……、はい」

(頑張るって……、牢破りを?)

戸惑いつつ曖昧に頷いた琥珀を見上げて、仔虎たちがきゅるんと金色の瞳を輝かせた——。

◇

マッチの先に、ボッと小さな火が灯《とも》る。

鍵をかけ、カーテンも締めきった執務室の中、御手洗は慎重にその火を札に近づけた。――だが。

「……っ」

細いマッチの火は、純白の和紙に包まれた札に触れることなく、フ……ッと消えてしまう。

「くそ……！」

悪態をついた御手洗は、札を重ねて置いた硝子《ガラス》の灰皿にマッチの燃えかすを放り出し、苛々《いらいら》と頭を掻き毟《むし》った。

（今のうちに、一刻も早く処分しなければいけないというのに……！）

灰皿には、夥《おびただ》しい数のマッチの燃えかすが転がっている。先ほどから何度も燃やそうとして、その度に失敗し、屈辱を味わわされている札――、白秋家の護符を見やって、御手洗は唇を噛んだ。

（あの小僧、よくもこんな面倒なものを……！）

――昨日、書庫で琥珀に相談を持ちかけられた時は、これでうまくいくと有頂天《うちょうてん》だった。

そもそも御手洗は、顔を合わせる前から白秋琥珀を憎んでいた。

彼の予知能力のせいで、自分たち神職はすっかり無用の長物《ちょうぶつ》扱いされている。宮中の神事に携わるという、大切な役目を担っている自分たちがこのような不当な目に遭っているのは、すべてあの予知能力者のせいだ。

しかも、信頼を取り戻すべく、櫻宮に仕掛けた呪詛まで、あの小僧に暴かれてしまった。

こうなったらもう、邪魔者を直接排除するしかないと呪符を用意したはいいが、四神家の屋敷は護符で守られている。どうやって警備の厳しい白秋家に潜り込み、護符を排除して密《ひそ》かに呪詛を仕掛けたものかと、頭を悩ませていたところだった。

（小僧を騙して、奴自身に呪詛を仕掛けさせることを思いついた時は、小躍りしたいのを堪えるので精一杯だったが……、まさか、処分できなかったと護符を持ち込むとは）

しかも、渡した呪符は燃えてしまったと言っていた。呪符が燃えた理由は分からないが、自分は既に彼に呪詛を仕掛けさせる時間を稼ぐ為、小火《ぼや》騒ぎを起こしている。

手がかりになるような証拠はなにも残していないとはいえ、これ以上高彪を足止めするのは難しいだろう。もう一度彼に呪符を渡すのは危険だ。

そう算段した御手洗は、呪符で琥珀を呪い殺すことは諦め、代わりに彼を櫻宮に呪詛を仕掛けた犯人に仕立て上げることにした。捕らわれた際、彼は御手洗が真犯人であることに気づいた様子だったが、神殿の兵は皆、御手洗に忠誠を誓っている。

彼が獄中でなにを訴えようが、自分に疑いの目が向けられることはない。――この護符さえ、処分してしまえば。

（だというのに、燃やすどころか破くことも、上から墨で塗り潰すこともできないとはな……！）

先刻承知とはいえ、四神の力の強さに改めて恐れ入ってしまう。

こんな化け物のような札、どう処分すれば、と硝子の灰皿の上に置いた護符を見つめ、御手洗がぐっと眉間に皺を寄せた、その時だった。

「御手洗様、大変です！　牢が破られました！」

「……っ、なんだと⁉」

廊下から聞こえてきた大声に、御手洗は慌てて立ち上がり、ドアの鍵を開ける。息を切らせた兵に、御手洗は睨みをきかせて問いかけた。

「一体どういうことだ！」

「は……！　それが、櫻宮様が白秋琥珀を訪ねて牢に来ていたらしく……。護衛の中に、高彪様が紛れていたようです」

「な……」

大胆すぎる四神の白虎に、御手洗は言葉を失ってしまう。兵がおそるおそる報告を続けた。

「高彪様は白秋琥珀の身柄を奪い、宮中を逃走中です。兵が追っていますが、巨大な白虎に行く手を阻まれ苦戦しているとのことで……！」

「……っ、白虎には構うなと伝えよ！　発砲を許可する！　二人を見つけ次第殺せ！」

「し、しかし……」

宮中での発砲は固く禁じられている。それに、琥珀はともかく、四神家の長である高彪に銃口を向けてよいのかと狼狽える兵を、御手洗はじろりと睨んで言った。

「……牢破りは大罪だ。立場ある身だからこそ、その罪は重い。違うか？」

「お……、仰る通りです」

頷きながらも、その声に躊躇《ちゅうちょ》を滲ませる兵に、御手洗は舌打ちしたいのを堪えて告げた。

「私もすぐに向かう。お前は先に行って、兵たちに伝えよ」

この調子では、他の兵士たちも発砲を躊躇うだろう。その場に行って発破《はっぱ》をかけるしかない。

は、と一礼して去る兵の背を睨んで、御手洗は部屋の中に引き返した。引き出しから銃を取り出して懐に入れると、代わりに護符をしまい、鍵をかける。念の為、執務室の扉にも鍵をかけ、御手洗は神殿の外へと急いだ。

（櫻宮様の護衛の中に紛れていた、だと？　まさか、宮様も共謀しているというのか？）

琥珀は櫻宮のお気に入りだったようだし、もしかしたら高彪が櫻宮に泣きつき、取りはからってもらったのかもしれない。だとすると、事は厄介だ。

（……まあいい。もし櫻宮様も私の邪魔をするのなら、その時はまた呪詛で殺すまでだ）

すべては帝と、この国の為だ。

この国を守るのは、我々禰宜なのだから。

「……あちらか」

外に出た御手洗は、騒ぎの聞こえてくる方へと急ぎ足で向かった。

どうやら逃亡者たちは、帝の御所を目指しているらしい——。

◇

トンッと軽い衝撃と共に建物の屋根から地面に降り立った白虎の獣人が、己の腕に抱えた最愛の人間にそっと囁きかける。

「大丈夫か、琥珀？　どこか具合が悪くなったりしていないか？」

「はい、大丈夫です。高彪さんこそ、ずっと走り通しで疲れてませんか？」

高彪の首元にしっかり摑まっていた琥珀は、顔を上げて高彪を見つめた。

大丈夫だ、と甘く微笑んだ高彪が、グルグルと喉を鳴らして琥珀のこめかみに鼻先を擦りつける。

周囲を確認して戻ってきたライが、自分もとばかりに高彪の足に頭を擦りつけてきた。その姿は、普段の仔虎姿とは異なり、美しい白銀の被毛の成獣姿をしている。

櫻宮に、急に具合が悪くなったとひと芝居打ってもらい、見張りの兵たちが慌てている隙を見計らって神殿の牢から脱出した二人は、御所を目指して逃亡を続けていた。

獣人姿の高彪は、神力に加え、その身体能力も五感も常人離れしており、人間の兵士など敵ではない。だが、身重の琥珀を連れての逃亡、しかも護符が見つかるまでの時間稼ぎが目的の為、慎重を期して護符探しはフウに任せ、ライに護衛としてついてきてもらうことにした。

白秋高彪が神獣と共に、囚われた己の伴侶を奪い返しに来たという知らせは、あっという間に神殿中を駆け巡ったらしい。四方から現れる追っ手はその数を増しており、次第に逃げ場を失いつつある。だがそれは同時に、神殿の警備が手薄になっているということであり、その分、確実に御手洗の罪の証拠は捜索しやすくなっているはずだった。

「櫻宮様は大丈夫でしょうか……」

率先して見張りの注意を引くと言ってくれた櫻宮と帝の芝居は迫真もので、琥珀でさえぎょっとしてしまう名演技だった。

『……っ、う、あ……っ』

『宮様!?』

『あ、あ……、お腹、が……っ』

腹部を押さえてしゃがみ込み、苦悶の声を上げる櫻宮に、護衛に扮した帝が駆け寄り、見張りの兵に助けを求める。

『誰か！　……っ、そこのお前たち、すぐに匙《さじ》を呼んでくれ！』

『わ、分かった。おい、お前はここに残って見張りを……』

ただならぬ雰囲気に押された見張りが仲間にそう言いかけるが、それを影彪が鋭い声で遮る。

『そんなの後回しだ！　宮様と御子様のお命がかかってるんだぞ！』

『……っ、あぁあ……！』

影彪の言葉に追い打ちをかけるように、櫻宮が悲痛な声を上げる。真っ青になった見張りたちに、帝がすかさず指示した。

『お前は御所に知らせに行ってくれ！　早く！』

『は、はい！　すぐに！』

――泡を食ったように見張りたちが方々に駆け出したところで、物陰に潜《ひそ》んでいた琥珀は高彪と共に牢を抜け出してきた。適当なところで神殿の衛兵に姿を見せ、注意を引きつけて混乱を引き起こすことに成功したが、櫻宮たちとは牢で別れてしまった為、少し心配だ。

万が一疑いの目を向けられても、高彪が勝手に護衛になりすましていた、櫻宮は牢破りについてはなにも知らないということにしてもらう手はずになっているが、大切な体で無茶をしていないだろうか。

顔を曇らせた琥珀に、高彪が微笑んで言う。

「心配ない。なにせ宮様には、この国で最も容赦ないお方が護衛についているからな」

「容赦ないって……。あんなにお優しい帝にそんなこと言ったら駄目ですよ、高彪さん」

くすくす笑いつつもやんわりたしなめた琥珀に、高彪が肩をすくめてぼやく。

「あの方は、君たちには甘いからな」

「高彪さんには違うんですか？」

「……激辛だな」

琥珀を抱えたまま、高彪が小さくため息をつく。普段の苦労が忍ばれて、琥珀は苦笑しつつも鋭い牙が覗く口元にくちづけて言った。

「きっとそれは、ご信頼の証ですね」

「……そうだろうか」

「はい、僕はそう思います。……ご信頼に、しっかり応えないといけませんね」

この国をよりよい方に導いていこうとしている帝を今後も支えていく為にも、御手洗をとめなければならない。

そう言った琥珀に、高彪も頷く。

「ああ。……琥珀、もう少し頑張れるか？」

暗闇の向こうから、いたぞ、こっちだ、と松明《たいまつ》の明かりと共に追っ手の迫る声が聞こえてくる。

スッと表情を改めた高彪の首元にしっかり摑まり直して、琥珀はこくりと頷いた。

「はい、もちろんです」

「……行くぞ。ライも、頼む」

高彪に声をかけられたライが、任せておけとばかりにウグルルッと好戦的な唸り声を発する。

頼もしい護衛に、ああ、と頷いた高彪は、琥珀を抱く腕にぐっと力を込め、腰を落として力強く地を蹴った。ダダダッと数歩の助走で跳び上がり、眼前に迫った兵たちの頭上を大きく飛び越えて、しなやかに着地する。

息つく暇もなく駆け出した高彪の肩越しに、ライが兵たちを蹴散らすのが見える。腕や足を銜《くわ》えて放り投げ、その太い前脚で弾き飛ばして気絶させてと、だいぶ手加減してやっているライに、琥珀はほっと安堵した。

目的は敵の殲滅《せんめつ》ではなく、時間稼ぎだ。兵士にあまり怪我をさせないようにと言った時は不満そうに耳を寝かせ、そっぽを向いて大あくびなどしていたライだが、一応こちらの言うことを聞いてくれているようだった。

(神殿付の兵の数はどんどん増えていってる……。これならきっと、フウも護符を探しやすいはずだ)

あとは御手洗を引きずり出せれば、と琥珀が思ったその時、高彪がぐっと視線を険しくし、走る速度をゆるめる。

「……待ち伏せされているな。琥珀、君はここで少し待っていてくれ」

「分かりました。……高彪さん」

建物の陰にそっと降ろされた琥珀は、ぎゅっと高彪を抱きしめ、思いを込めてくちづける。

「行ってらっしゃい。気をつけて」

一瞬目を瞠った高彪が、ふっと優しい表情を浮かべて言った。

「……百人力だな。行ってくる。……ライ！」

駆けてきたライを振り返った高彪は、もう鋭い顔つきに変わっていた。

「琥珀を頼む」

月明かりに白く煌めく神虎にそう言った高彪が、御所の庭へと躍り出る。大きく開けた広場には、十数人の兵が警棒を片手に待ち構えていた。

先頭に立っていた年嵩の男が、高彪を見るなり大声で叫ぶ。

「来たな！　大人しく降さ……、うわあぁッ！」

「誰にものを言っている……！」

口上《こうじょう》を聞く義理などないとばかりに跳躍した高彪が、勢いよく男を蹴り飛ばす。振り下ろされる警棒を悠々とかわした高彪は、そのまま兵の襟首を掴んで持ち上げると、待機していた兵たちに向かってブンと放り投げた。

将棋倒しになり、悲鳴を上げる兵たちをよそに、高彪が向かってくる兵たちを殴り倒し、凄まじい膂《りょ》力《りょく》で投げ飛ばす。圧倒的な力の差に、後方に控えていた兵たちは顔を見合わせて狼狽え、次々に逃げ出していく有様だった。

「む、無理だって、やっぱり！」

「人間姿の訓練でだって誰もあの人に敵わねぇのに、どうやって召し捕れっていうんだよ……！」

できる奴いるなら連れてこいよ、と逆上ぎみに叫ぶ兵を見ていた琥珀は、なんだか気の毒になってしまう。確かに、人間の兵が何人束になってかかろうが、今の高彪に敵うとは到底思えない。

（手加減してて、あんなに強いなんて……）

高彪はその鋭い爪も牙も使っていないというのに、あっという間に兵たちが戦闘不能状態にされ、折り重なって倒れていく。

（……なにも心配する必要なかったかな）

建物の陰からそっと様子を窺いながら、琥珀がほっとしかけた、――その時だった。

突如、ピクッと耳を動かしたライが、低い唸り声を上げて後方に向き直る。琥珀が驚いて振り返るのと同時に、ライが琥珀から離れ、背後から近づいてきていた複数の兵へと飛びかかった。

「……っ、ライ！」

いつの間に、と動揺する琥珀をよそに、ライが兵の足や腕に嚙みついて撃退する。ギャッと悲鳴を上げた兵が取り落とした警棒が、琥珀の足元に転がってきた。

（っ、僕も戦わないと……！）

自分の身は自分で守らないと、と警棒に手を伸ばそうとした琥珀だったが――、それより早く、後ろから伸びてきた手に口元を覆われる。

「……動くな」

「っ⁉」

思わず振り返った琥珀は、そこにいた人物に大きく目を瞠った。

（御手洗さん……！）

「立ちなさい。抵抗したら撃ちます」

ぐっと腰に固いものを突きつけられて、琥珀は息を吞む。

御所での発砲は、御法度《ごはっと》だ。

だがこの男なら、引き金を引きかねない――。

「……っ」

「歩け」

悔しさに唇を引き結んだ琥珀の両手首を後ろで摑み、御手洗が命じる。

建物の陰から出てきた琥珀を見て、高彪がその動きをぴたりととめた。

「琥珀……！」

「そこまでです、白秋殿。無駄な抵抗はおやめなさい」

兵たちを従えた御手洗が、琥珀の手首をぐっと引き寄せ、こめかみに銃口を突きつけてくる。

「っ、やめろ！」

血相を変えて叫んだ高彪に、琥珀は青ざめた顔で謝った。

「すみません、高彪さん……！」

「……君のせいじゃない」

琥珀にそう言いつつ、高彪が御手洗を睨む。

「悪いのはその男だ……！」

「……心外ですね」

高彪の言葉に目を細めた御手洗が、わざとらしく嘯《うそぶ》く。

「櫻宮様に呪詛を仕掛けた挙げ句、このような騒動まで起こしたのは、あなた方でしょう。責任転嫁もいいところだ」

「……っ、櫻宮様に呪詛を仕掛けたのは僕じゃない！　あなただ！」

言い逃れも甚《はなは》だしい御手洗を、琥珀は糾弾《きゅうだん》した。

わずかに動揺し、顔を見合わせる兵たちに、必死に訴えかける。

「皆さん、信じて下さい！　御手洗祭祀長は、僕に罪を着せようとしています！　僕も高彪さんも、無実です！」

「……馬鹿馬鹿しい。黙りなさい」

苛立たしげに言った御手洗が、ぐっと琥珀に銃口を押し当てて睨みつける。すかさず高彪が吼《ほ》えた。

「やめろ、御手洗！」

「あなたの大事な妻を助けたかったら、大人しく投降しなさい。櫻宮様を狙ったのは自分たちだと、罪を認めるんです」

高彪のそばに駆け寄ってきたライが、姿勢を低くしてグルル、と唸る。今にも飛びかかりそうなライを一瞥《いちべつ》して、御手洗が吐き捨てるように言った。

「その獣も下がらせなさい！　どうせ神獣というのもあなた方の嘘なのでしょう!?　神聖な御所に獣を引き入れるなど……」

──と、次の瞬間。

（え……？）

チカチカッと目の前で光が瞬《またた》いて、琥珀はたじろいだ。ふと視線を落とせば、自分の体がうっすら透《す》けて見える。

（もしかしてこれ……）

息を呑んだ琥珀の目の前に、キラキラと光の粒子をまとった美しい白銀の神虎がトッと降り立つ。

その大きな口に銜《くわ》えられたものを見て、琥珀は大きく目を瞠《みは》った。あれは──。

「……神聖な御所に獣を引き入れるなど、不敬極まりない！」

ほんの数秒の後、一瞬前に時間が巻き戻って、琥珀は混乱に数度瞬いた。

（今のって……）

「……琥珀？」

異変に気づいた高彪が、そっと声をかけてくる。心配そうなその声にハッとした琥珀をよそに、御手洗が苛々と命じた。

「なにをしているんです！　さっさとその獣を下がらせなさい！」

攻撃的な御手洗に反発するように、ライが一層剣呑な唸り声を発する。

ライが飛びかかった隙に反撃に転じられないかと考えているのだろう。黙ったままじっと隙を窺っている高彪に、琥珀は叫んだ。

「高彪さん、言う通りにして下さい！　『フウ』を下がらせて！」

「……っ」

一瞬目を瞠った高彪はしかし、すぐに琥珀の意図に気づいたらしい。

「分かった。……下がれ」

高彪の呼びかけに、白虎が渋々といった様子で後ずさる。

ぐっと琥珀を拘束する手に力を込めた御手洗が、意気揚々《いきようよう》と兵に命じた。

「最初からそうしていればよかったんです。さあ、あの獣共に縄を……」

「っ、今だ、フウ！」

琥珀が叫んだ次の瞬間、グルルルルッと低い唸り声が頭上から聞こえてくる。一同が顔を上げるより早く、近くの建物の屋根から白銀の巨大な獣が跳躍する。

琥珀の目の前にトッと降り立ったその獣は、キラキラと光の粒子をまとった美しい神虎――、フウだった。

「な……！」

「っ、高彪さん！」

御手洗の隙をついた琥珀が、拘束を振り解いて駆け出すと同時に、高彪も駆け出す。

慌てて銃を構えた御手洗に、フウが襲いかかった。鋭い爪が、御手洗の手を切り裂き、銃を弾き飛ばす。

「待て……っ、うわあッ！」

「琥珀！」

琥珀に駆け寄る高彪をとめようとする兵を、ライが体当たりして排除する。

大きく広げられた高彪の腕の中に飛び込んで、琥珀はほっと息をついた。

「琥珀、怪我はないか？」

「はい、大丈夫です。……ありがとうございます、高彪さん」

ちゃんと言葉の真意に気づいて、隙が生じるのを待ってくれた高彪にお礼を言う。

琥珀はあの瞬間、この未来を予知し、その通りになるよう、高彪に知らせたのだ。『フウ』がもうすぐこの場に来る、と。

「いや、君のおかげだ。……俺の大切な君を守らせてくれてありがとう、琥珀」

「ふふ、変なお礼ですね」

微笑み合った二人のそばに、フウとライが駆け寄ってくる。

フウが口に銜えていたものを受け取った高彪は、地面に膝をつき、血の流れる傷口を押さえて呻《うめ》いている御手洗に歩み寄った。脂汗《あぶらあせ》を浮かべた御手洗が、高彪の手にあるものを見て忌々《いまいま》しげに唸る。

「何故……！」

「彼らをただの獣と見誤《みあやま》るお前は知らないかもしれないが、神獣は大きさを自由に変えられてな。……お前の執務室の引き出しから見つけたそうだ」

「馬鹿な！　ドアも引き出しも鍵を……！」

思わずそう口にしたらしい御手洗が、自分の失言を悟ってハッとする。琥珀はフウの顎の下を掻いてやりながら言った。

「多分、どちらも壊してしまったと思います。すみません」

「語るに落ちたな、御手洗」

羨《うらや》ましそうにしているライの頭を撫でて言う高彪に、御手洗がわなわなと震え出す。

「この……！　私を馬鹿にして……！」

よろめきながら立ち上がった御手洗は、周囲の兵にわめき散らした。

「なにをしている！　さっさとあいつらを捕らえないか！」

「い……、いえ、ですが……」

「発砲も許可してやっただろう！　撃て！」

御手洗の言葉に、兵たちが顔を見合わせる。

進み出てきた一人が、きっぱりと言った。

「そのご命令には従えません、祭祀長」

「……なんだと？」

「我々は確かに神殿所属の兵ですが、お仕えしているのは帝です。我々の使命は、帝と櫻宮様をお護《まも》りし、御所の平穏を保つことです。それに、四神家の長を討つ命は、帝にしか出せません」

彼が言いきるや否や、兵たちが次々前に進み出てきて言う。

「私もそう考えます！　あなたには従えない！」

「そもそも白秋様が櫻宮様に呪詛を仕掛けようとするはずがありません！」

そうだそうだ、と祭祀長に反発する声が瞬く間に大きくなっていく。

「く……っ、この……！」

ぼたぼたと指先から血を流した祭祀長が、がくりと地面に膝をついたところで、御所の奥から大勢の兵が駆けてきた。その先頭には、高彪にそっくりな白虎の獣人の姿がある。

「高彪！　無事か⁉」

「叔父上……、遅いですよ」

口では文句を言いつつも、その声色から高彪がほっとしているのが伝わってきて、琥珀はこっそり苦笑してしまう。

琥珀を牢から連れて逃げる際、高彪は影彪に自分の直属の部隊を呼んできてほしいと頼んでいた。

いくら獣人姿の高彪が強いとはいえ、身重の琥珀になにかあってからでは遅い。元軍人で、高彪の部下にも顔がきく影彪が部隊を呼び、追っ手をくい止める作戦だった。

（影彪さんが高彪さんの振りをして攪乱《かくらん》する案もあ

ったけど……、そこまでせずに済んでよかった)

御手洗はすっかり地面に伏しており、絶望しているようだ。

もう大丈夫だろうと琥珀が思った、——次の刹那。

「……っ、琥珀!」

突如叫んだ高彪が、琥珀を抱きしめて勢いよく後ろに跳びすさる。何事かと驚いた琥珀は、眼前に迫ったものに大きく息を呑んだ。

「な……っ、なに……!?」

——そこには、巨大な黒い靄《もや》があった。

琥珀に向かって伸びてきた手のようなものが、むなしく空を切る。オォオッと風の鳴き声に似た、恨みがましい嘶《いなな》きがその場に蜷局《とぐろ》を巻いて、琥珀はゾッと背筋を凍らせた。

トッとやわらかく地面に着地した高彪が、素早く周囲の兵に命じる。

「退け! 全員、あの靄から離れろ! 迂闊に攻撃すると危険だ!」

「た、高彪さん、あれ……!」

鋭く部下に指示を出す高彪に、琥珀は茫然と靄の中心を指さす。

四方八方に伸びた触手のような靄が、手当たり次第木々を薙《な》ぎ倒し、己へと引き寄せている。靄に引きずり込まれた木々は、バキバキと凄まじい音を立てて闇に呑まれていた。

その中心でギラリと光る、二つの目。

真っ黒な闇の中心に立っていたのは、先ほどまで地面に伏していたはずの御手洗で——。

「……っ、あれは降霊術だ。怨霊を自分に降ろしたんだ……!」

「降霊術って……。でも、そんなこと一体どうやって……!」

「おそらく、あらかじめ怨霊を呼び出す札を持っていたんだろう。自分の血を媒介にしたに違いない」

低く唸った高彪が、琥珀を抱いたまま更に後方へと跳びすさり、近くの寝殿の階《きざはし》の上に琥珀をそっと降ろす。

「琥珀、君はここにいてくれ」

「っ、高彪さんは？」

「俺は、あの怨霊をとめてくる」

庭の中心で蠢《うごめ》く怨霊を見やって、高彪が険しい表情を浮かべる。

「ああなってはもう、奴に自我はない。周囲をすべて破壊し尽くすまでとまらないだろう。被害が広がる前に、奴をとめなければならない」

決然と言った高彪の元へ、フウとライが駆け寄ってくる。グルル……、と怨霊に向かって威嚇《いかく》する神獣たちに、高彪が言った。

「フウ、ライ、お前たちはここで琥珀を守っていてくれ。……叔父上！」

少し離れた場所で兵たちを避難させていた影彪が、高彪の呼びかけに応じる。

「ああ、今そっちへ行く！」

「……っ、高彪さん……！」

階を降りて怨霊の方へと向かおうとする高彪を、琥珀はたまらず呼びとめた。

足をとめた高彪が琥珀を振り返り、躊躇いがちに口を開く。

「琥珀……。万が一俺になにかあったら、その時はお腹の子を……」

「っ、駄目です！」

高彪を遮って、琥珀は叫んだ。最愛の白虎を、ぎゅっと強く抱きしめる。

「万が一なんて、そんなこと言わないで下さい！必ず、無事に帰ってきて下さい！」

本当は、行かせたくなんてない。

でも、あんな化け物と戦える力の持ち主なんて、高彪以外考えられない。

御所を守る為にどうしても高彪が戦わなければならないなら、どうしても送り出さなければならないなら、必ず無事に帰ってきてほしい。

なにかあったらなんて、そんなこと絶対に言ってほしくない――……！

「約束したじゃないですか！　絶対に僕を守ってくれるって！　だったらちゃんと、無事に帰ってきて下さい！」

自分は、高彪と共に戦うことはできない。

でも、だからと言って高彪が一人で死地に赴くような発言には、たとえ万が一の話だとしても、到底頷けない。

そんな気持ちで戦いに臨《のぞ》んでほしくない。

「絶対に勝って、無事に帰ってきて下さい！　僕とこの子をちゃんと守ると、約束して下さい！」

「琥珀……」

琥珀の必死の叫びに、高彪が一瞬目を瞠った後、ふっと微笑む。

「……ああ、分かった。約束する」

琥珀の腰を、高彪が抱きしめる。段差のせいでいつもとは逆に琥珀を見上げながら、高彪は琥珀の下腹部に愛おしげに鼻先を擦りつけて言った。

「俺は、必ず無事に帰ってくる。君と、この子を守るために」

「……約束ですよ」

込み上げてくる熱いものを堪えて言った琥珀に、高彪が微笑んで頷く。

「ああ、約束だ。不安にさせて、すまなかった」

「高彪！」

階の下に駆けつけた影彪に呼ばれ、高彪がそっと身を離す。最後にぎゅっと高彪の手を握って、琥珀は懸命に笑みを浮かべて言った。

「行ってらっしゃい。……気をつけて」

「ああ、行ってくる」

力強く頷いた高彪が、身を翻して階を駆け下りる。下で待ち構えていた影彪が、蠢く怨霊を見据えて言った。

「ありゃ早く手を打たないとまずいぞ、高彪。手当たり次第呑み込んで、どんどん膨張してる」

影彪の言葉通り、周囲の木々を次々取り込んだ怨霊は、先ほどの倍以上の大きさになっている。中心で光るギラギラとした巨大な目を睨み据えて、高彪が素早く告げた。

「御手洗はおそらく札を使ったと思われます。その札を見つけて破れば、怨霊は消滅するはずです」

「簡単に言ってくれるがなあ」

ぼやいた影彪に、高彪が行きます、と一声かけて地を蹴る。

「あ、おい！　叔父遣いの荒い甥っ子め……」

「影彪さん、気をつけて……！」

唸る影彪に声をかけた琥珀に、影彪が片手を上げて怨霊へと突っ込んでいく。——だが。

「く……っ！」

二人の攻撃を阻むように、怨霊からぶわりと無数の触手のようなものが飛び出す。次々と繰り出される触手をいなすので精一杯の二人だったが、その時、近くにいた兵の足に触手の一本が巻きついた。

「うっ、うわぁああ！」

「……っ、させるか！」

すかさず助けに向かった高彪が、兵が闇に取り込まれる寸前でその腕を摑んで引っ張り、触手を引きちぎる。だが、その間にも怨霊はその勢いを増し、その触手を兵士たちへと向け始める。

「下がれ！　御所の者たちを避難させろ！」

右往左往《うおうさおう》する兵士たちに鋭く命じつつ、捕らわれた者を救出しに駆け回る高彪を見て、琥珀は傍らの神獣たちに頼んだ。

「フウ、ライ！　高彪さんの援護に行って！」

琥珀の言葉に、フウとライが顔を見合わせる。

自分のそばを離れることを躊躇っている様子の彼らに、琥珀は重ねて頼んだ。

「僕はここにいるから！　あのままじゃ、高彪さんが危ない……！」

高彪と影彪が兵たちを助けている間にも、怨霊は周囲の木々を呑み込み、膨れ上がり続けている。このままではいずれ御所の建物が破壊され、手に負えなくなってしまう。

「危なくなったら逃げるから、お願い……！　今は高彪さんを助けて！」

必死に頼み込む琥珀に、再度顔を見合わせた二頭の神獣が頷いた。

『……分かった。そなたの望みは、我らの望み』

『神に愛されしそなたに、我らの加護を』

琥珀の頭の中に声が響き、フウとライが代わる代わる琥珀の手に頭を擦りつける。すると、琥珀の手の甲に淡く白い紋様が浮かび上がった。よく見ればそれは、高彪の屋敷に置かれていた護符と同じ紋様だった。

「……っ、これって……」

驚いた琥珀に、フウとライが目を細めて言う。

『機会は一度きり』

『その手で、未来を摑め』

「え……、それって、どういう……」

戸惑う琥珀には答えず、神虎たちはグルル、と低く唸り声を上げて姿勢を低くする。腰を高く上げて狙いを定めた彼らは、階の上から一気に跳躍するなり、怨霊に跳びかかった。触手に捕らわれた兵の襟首を銜え、ブンと頭を振って靄を引きちぎり、兵を助け出す。

「フウ、ライ！　……っ！」

二頭に気づいた高彪が、琥珀の方を振り返り、大きく目を瞠る。

「琥珀！」

「え……」

高彪の叫びが響き渡った刹那、高欄《こうらん》のそばの篝《かがり》火《び》がゆらりと揺れる。一体なにが、と瞬いた琥珀の前に、ぼう……っと黒い靄が現れた。

「……オマえノ、セイデ……」

「……っ！」

靄の中で、長髪の男が顔を上げる。

ギラリと光るその目は、憎悪に燃えさかる炎のように真っ赤に染まっていて――。

「オまエノ、セいデ……ッ！」

ひどい雑音が幾つも交錯したような声を上げた御手洗が、琥珀へと襲いかかる。

咄嗟に腕を上げて身を守ろうとした琥珀だったが、その時、辺りに真っ白な光が溢《あふ》れた。

「っ、な……！」

一瞬眩しさに目を細めた琥珀はしかし、目の前の光景に驚く。

そこには、幼い子供が御手洗に立ちはだかるように両腕を大きく広げていたのだ。

褐色の肌、白銀の髪、白虎の耳を持つ子供――、コタが。

「コタくん!?」

どうして彼がここに、と混乱する琥珀だったが、コタはまっすぐ御手洗を睨んで叫ぶ。

「にぃにに近づくな……！」

「ぐ……っ！　オォォッ！」

真っ白な光に、御手洗が苦しそうにのけぞる。

その隙をついて、駆けてきた高彪が琥珀とコタを素早く抱き上げ、寝殿の陰へと避難させた。

「琥珀、無事か!?」

「は、はい！　でも、コタくんが……」

地面にそっと降ろされた琥珀は、高彪からコタを抱き取る。コタは息はあるものの、ぐったりとして意識を失っていた。

「コタくん、コタくん……！」

琥珀の呼びかけに応えないコタの口元に耳を寄せ、首元に手をやって確かめた高彪が告げる。

「……呼吸と脈はしっかりしている。大事はない。すまないが、コタを頼む」

「……はい！」

高彪を見つめ返し、琥珀はしっかりとコタを抱きしめて頷いた。

どうして突然コタが現れたのか、彼は大丈夫なのか。疑問も心配もあるけれど、今はあの怨霊をどうにかしなければならない。

頷き返した高彪が、階の上へと戻り、苦悶《くもん》の表情を浮かべる御手洗に対峙《たいじ》する。庭でフウとライと共に、巨大な靄相手に苦戦している影彪が叫んだ。

「高彪、そいつが本体だ！　札を奪え！」

「承知……！」

ぶわっと白銀の被毛を逆立てた高彪が、咆哮《ほうこう》と共に御手洗に襲いかかる。だが、靄に包まれた御手洗は鋭い爪に切り裂かれつつもその瞳をますます憤怒《ふんぬ》に燃え上がらせる。

「オマえが……ッ！　おマエたちガ、私カラなにモカも奪ッタ……！」

「っ、自業自得だ！　お前がすべてを失ったのは、お前自身の行いのせいだ！」

「違ウ！　チガウ、チガウ……ッ！」

絶叫した御手洗が、オォオオオオッと怨嗟《えんさ》の声を上げる。あまりの大声に一瞬息を詰めた高彪の隙をついて、硬化した靄が高彪の腹部に勢いよく襲いかかった。

「ぐ……っ！」

「高彪さん！　……っ！」

思わず声を上げた琥珀の目に、高彪を攻撃する為、一瞬靄が薄れた御手洗の姿が映る。

その懐には、真っ赤に染まった札があった。

(あれは……!)

もしかして、と息を詰めた琥珀だったが、その時、眼前に黒い靄が現れる。咄嗟に抱きかかえていたコタを階の陰に押し込んだ琥珀の喉元に、ガッと真っ黒な靄に包まれた手が絡みついてきた。

「か、は……っ!」

「琥珀! く……!」

喉を絞め上げられ、苦悶する琥珀に高彪が叫ぶが、彼もまた、巨大な靄の塊《かたまり》によって床に押さえつけられている。

「琥珀を離せ! 琥珀! 琥珀……!」

四肢がちぎれんばかりに暴れる高彪など眼中にないとばかりに、御手洗が琥珀の首を絞める手に力を込める。琥珀はあまりの苦しさに、がくりとその場に膝をついた。

「ぐ、う……!」

「死ね……ッ! シネ! シネ!」

狂気じみた声を上げた御手洗が、ほとんど覆い被さらんばかりの体勢で琥珀の首を絞めてくる。

必死に薄目を開けた琥珀の視界に、赤い札が映った。同時に、頭の中に先ほどの言葉が甦る。

『機会は一度きり』

『その手で、未来を摑め』——。

(……っ、僕の、未来……!)

遠のきそうになる意識を懸命に呼び戻して、琥珀は赤い札に手を伸ばす。しかし同時に、琥珀の首を絞める御手洗の手に一層力が込められる。

「シネ……ッ!」

「う、く……っ!」

ぐっと琥珀がきつく目を眇めたのを見て、高彪が不自由な体勢のまま、どうにか御手洗に向かって手の平を翳《かざ》した。

「琥珀……!」

苦痛に歪んだ声で叫んだ高彪の手から真っ白な光が溢れ出す。次の刹那、琥珀の首を絞めつけていた御手洗が、くっと顔を歪め、その手の力をふっとゆるめた。

（……っ、今だ……！）

一瞬のその隙を見逃さず、琥珀は思いきり腕を伸ばす。手の甲に浮かんだ光の紋様が一際強く輝き、まとわりつく黒い靄から琥珀を守ってくれた。

琥珀の手が札を摑んだ瞬間、御手洗が大きく目を瞠る。

「……っ、な……！」

「っ、これで、終わり、だ……ッ！」

素早く引き抜いた札を、琥珀は躊躇うことなく破り捨てた。地面に落ちた札から、真っ赤な煙がシュウウッと立ち上る。

——刹那、オォオオオッと禍々しく、恨みがましい嘶きがその場に響き渡った。

その嘶きと共に、黒い靄が竜巻のように急速に回転し出す。庭の中央に集まったその靄は、次第に細くなり、あっという間に夜空へと消えていった。

「そ、んな……」

茫然自失した御手洗が、琥珀から手を離し、その場にへたり込む。大きく息を吸った琥珀は、喉元を押さえて激しく咳き込んだ。

「……ッ！」

「琥珀！　っ、叔父上！」

すぐさま駆け寄ってきた高彪が、影彪に御手洗の捕縛《ほばく》を頼みつつ、琥珀の背を支えてくれる。

「大丈夫か!?」

「へ……、平気、です。……ありがとうございます、高彪さん」

ようやく呼吸も落ち着き、なんとか声も出せるようになる。お礼を言った琥珀に高彪がほっと安堵の表情を浮かべたところで、フウとライが駆け寄ってきた。

「フウ、ライ、ありがとう。君たちのおかげだよ」

あの札を破ることができたのは、フウとライが加護を授けてくれたからだ。お礼を言った琥珀に、二頭の神虎がグルル、と喉を鳴らす。

『掴み取ったのはそなただ』

『だから未来が変わった』

『ああ、時が来た』

「……時？」

頷き合う二頭に、高彪が怪訝《けげん》そうに聞き返す。するとフウとライは、声をやわらげて告げた。

『ああ、時だ。そなたらの子を帰すべき時だ』

『未来へ帰すべき時だ』

「え……。僕たちの、子？」

咄嗟に腹部を手で押さえ、高彪と顔を見合わせた琥珀だったが、白虎たちが向かったのは寝殿の階だった。

階の陰に寝かされていたコタの襟首を、まるで親猫が仔猫にするように銜えたライに、フウが言う。

『兄弟、人間の仔はやわい。背に乗せた方がよい』

『では兄弟、そなたの背に』

『……致し方ない』

渋々といった様子で頷いたフウが、身を低くする。フウの背にコタを乗せるライに、琥珀はまさかと目を瞠って問いかけた。

「もしかして、コタくんは僕たちの、……未来の、子供……？」

そんなことが、本当にあるのだろうか。だが、それならコタが高彪を父上と呼んでいたことも、一族の誰も知らない子供だったことも納得がいく。

それに、高彪の子供なら、時を超えるほどの神力を備えていても不思議ではない。

「ちょっと待て。コタが俺たちの子供なら、何故コタは琥珀のことを『兄』と呼んでいたんだ？」

驚愕しつつ、高彪も尋ねる。

確かに、コタは琥珀のことを最初から『にぃに』と呼んでいた。どうして自分のことは父と呼ばなかったのかと思いかけて、琥珀は気づく。

「……っ、もしかして、僕のお腹の子が、コタくんの『にぃに』だから……」

琥珀の予知の中で、琥珀と高彪の子供は二人いた。一人は獣人姿の子供で、もう一人はまだ赤ん坊だった。

あの時の赤ん坊が、コタなのではないだろうか。

生まれてすぐに琥珀が亡くなったコタはきっと、琥珀のことは写真くらいでしか知らなかっただろう。だから、琥珀のことを父と呼ぶことを躊躇してしまった。けれど、強い神力があるコタは、琥珀の中に命が宿ったばかりの兄の気配を感じ取り、琥珀のことを『にぃに』と呼んだのではないか。

そう思った琥珀に、フウがしれっととぼける。

『さあ、どうであろうな。いくらそなたが神に愛されし子であっても、我々がそうやすやすと未来を教えるわけには……』

『起きろ、琥太郎《こたろう》。そなた、とと様に会いたくて時を越えて来たのであろう。お別れの挨拶をしなくてよいのか？』

『…………』

相方の裏切りに、フウが仏頂面で黙り込む。

んん、と目を覚ましたコタ――、琥太郎に、琥珀は急いで駆け寄った。

「コタくん、……ううん、琥太郎」

「……にぃに？」

ぱち、ぱちっと瞬きを繰り返した琥太郎が、琥珀に首を傾げる。

琥珀は苦笑して言った。

「とと、だよ。僕は琥太郎のお父さんだよ」

「ああ、そして俺もだ」

琥珀の隣に並んだ高彪が、琥太郎の頭を撫でて目を細める。

「琥珀のことをよく守ってくれた。さすが、俺の息子だ」

「来てくれてありがとう、琥太郎。でも、もう帰る時間だって」

微笑んで告げた琥珀に、琥太郎がその目を見開き、大声で言う。

「……や！　コタ、とと様といっしょいる！」

「琥太郎……」

「や！　いっしょいる……！」

幼心に別れを悟ったのだろう。みるみるうちに涙でいっぱいになってしまったその目元を優しく拭って、琥珀は言い聞かせた。

「大丈夫だよ、琥太郎。僕はちゃんと、未来で君を待ってるから」

「とと様……」

「未来で、また会おうね」

自分がこれから行く未来が、この子に繋がっているといい。否、繋がるよう努力し続けるし、今度は自分がこの子に会いに行く。

今、この時は、必ず未来に続いているのだから。

『行くぞ、琥太郎』

『しっかり摑まっていろ』

優しく琥太郎の頰を舐めたライが、フウと共に地を蹴る。

しなやかに跳び上がった二頭は、星の煌めく夜空を自由に駆け回り、やがて光の粒子となって淡く消えていった。

「……行っちゃいましたね」

呟いた琥珀の肩を抱き、高彪が頷く。

「ああ。だが、また会える。俺たちなら、必ず」

「……はい」

頷いた琥珀の頭上で、流れ星が二つ、続けざまに夜空に孤《こ》を描く。

それはまるで、未来へと駆けてゆく白銀の神虎のようだった――。

◇

――数ヶ月後。

深い場所まで沈んでいた意識が、ふわりと浮上する感覚に、琥珀は瞼を開けた。

「ん……」

やわらかな日差しが少し眩しくて瞬きをすると、すぐ近くで優しい声がする。

「……目覚めたか。気分はどうだ、琥珀？」

「高彪さん……」

琥珀を覗き込んだ高彪が、長い指先でそっと前髪を梳《す》いてくれる。心地よさにうっとりと目を閉じかけた琥珀は、自室とは違う清潔で真っ白なベッドと消毒薬の独特な匂いに気づいて、はっとした。

そうだ、自分は――。

「……っ、高彪さん、僕の……、僕たちの、赤ちゃんは……！」

「ああ、もちろん無事だ」

身を起こそうとする琥珀を手助けする高彪に、少し離れた場所にいた桔梗が歩み寄ってくる。その腕には、おくるみに包まれた小さな命があった。

「……俺たちの息子だ」

「あ……」

桔梗から赤ちゃんを受け取った高彪が、琥珀の腕に抱かせてくれる。

初めて対面する我が子は、人間と獣人とが入り交じった姿をしていた。その頭には純白の虎耳があり、おくるみの端からは縞模様の尻尾がぴょこんと覗いている。

すやすやと眠る小さな、小さな息子に、琥珀の目に自然と涙が込み上げてくる。

やっと、会えた。

ずっとずっと、この瞬間を待ち焦がれていた――。

「……初めまして。僕が、君のお父さんです」

「俺も、君の父だ」

高彪が差し出した指を、赤ちゃんがぎゅうっと握る。その手の、指の、爪の小ささに感動して、琥珀は目を潤ませた。

琥珀の隣にそっと腰を降ろして、高彪が囁く。

「ありがとう、琥珀。俺がこの子と会えたのは、すべて君のおかげだ」

「それを言うなら、僕の方こそです」

御手洗の一件が一段落してから、高彪は仕事以外のほぼすべての時間を琥珀の為に使ってくれた。

まだ琥珀のお腹がぺったんこの頃から、毎朝毎晩赤ちゃんに話しかけ、行ってきますとただいまのくちづけが二ヶ所に増えたこと。

それなのに、琥珀が胎動を感じるようになってしばらくしても、高彪がお腹に手を当てると赤ちゃんが静かになってしまい、もしや嫌われているのかと

高彪が随分落ち込んでしまったこと。

初めて動いたのを感じた日は有頂天で、しばらくずっと鼻歌を歌っていたこと。

空き部屋の一つが、赤ちゃん用の玩具や服で埋め尽くされたこと。

つわりがおさまり、ずっと食べられなかったらぁめんが食べたいと言った琥珀の為に、屋台の大将に庭先まで出張してくれるよう頼んでくれたこと。

大切に、大切に、共に二人の子供であるこの子を育《はぐく》んでくれたこと――。

「僕が無事にこの子と会えたのも、高彪さんのおかげです。ずっと支えて下さってありがとうございます、高彪さん」

高彪に肩を抱かれ、微笑み返した琥珀に、桔梗がにっこり笑って教えてくれる。

「ですが、今日の高彪様の狼狽えっぷりったらありませんでしたよ。なにせご出産の間中ずっと、お部屋の前をぐるぐる歩き回ってらしたんですから。大丈夫ですからお座り下さいと何度言っても、ちっとも聞こえてないご様子で、絵本みたいにそのままバタアになるかと思いましたわ」

「こは……っ、琥珀様がご無事で、よか……っ、よがっだぁあああ！」

桔梗の隣でダバッと泣き崩れたのは茜だ。見れば柏木も来てくれており、フフンと得意気に言う。

「ご無事に決まっているだろう！　なにせ、櫻宮様のご出産に立ち会った産婆さんもいてくださったんだからな！」

二ヶ月前、櫻宮は元気な男の子を出産した。

国中が歓喜に沸《わ》き、祝福したが、特に帝の喜びようといったらなく、『初めてあくびした日』『初めて指しゃぶりした日』『初めて笑った日』など、とにかく我が子の成長記念日を祝日にしたがって大変らしい。次は寝返り辺りが危ないと、その度に思いとどまらせている高彪がげんなりしていた。

まだハイハイや立っち、かか様、とと様と呼ぶ、などの成長通過点が控えていることは、高彪の精神衛生の為に黙っている琥珀である。

（……でも、僕たちもきっと、帝と同じくらい感動するんだろうなあ）

無事に生まれてきてくれただけで、これだけ感動するのだ。自分の両親もこんな気持ちだったのだろうかと思いつつ、琥珀は高彪にそっと告げた。

「高彪さん。これからも、……ううん、この先も、ずっとずっと、よろしくお願いします」

「こちらこそ。……君とこの子を、この先もずっと俺に守らせてくれ、琥珀」

はい、と微笑んで、琥珀は生まれたばかりの我が子の額にくちづける。

琥珀の腕の中ですやすやと健やかな寝息を立てている赤ちゃんを優しく見つめて、身を屈《かが》めた高彪が同じところにくちづけた。だが、その途端、赤ちゃんの表情がむにゅむにゅと変わり出す。

えっと思っている間に、真っ赤な顔をくしゃくしゃにした我が子は、ほわあっと泣き出してしまった。

「あっえっ、どうしよう……！　どうしましょう、高彪さん！」

「お、俺のせいだ！　すまない！　悪かった！」

「た、高彪様、すぐに医者を呼んできます！」

「柏木さん、病気じゃないから！」

「そうよ、こんなことでお医者様を呼んだら笑われるわよ。高彪様も、謝るよりあやす！」

「あ、あやす？　こうか？」

わあわあと狼狽える新米夫婦と一同をよそに、窓の外ではゆっくりと雲が流れていく。

穏やかな秋が、もうすぐそこまで来ていた。

◇

パチパチと、暖炉《だんろ》の火が燃えている。

夜の帳《とばり》が降りた静かな部屋の中、赤々と燃える暖炉の前で大きな揺り椅子に身を預けた琥珀は、胸に抱いた我が子に絵本の読み聞かせをしていた。

「そして桃太郎《ももたろう》は、仲間になった犬、猿、キジと一緒に……、ふふ、寝ちゃった」

広げていた絵本をそっと閉じ、ぺったりと自分にしがみつくようにして寝ている息子の頬をそっと撫でる。伝わってくる体温がたまらなく愛おしい。

半年前に生まれたこの子を、琥珀と高彪は武彪《たけとら》と名付けた。

初めての子育ては毎日が予想外のことばかりで目まぐるしく、正直大変だ。だが、桔梗や茜を始めとした屋敷の皆の助けもあり、武彪はどうにか健やかに育ってくれている。

（僕はまだ、お屋敷の皆が家事をしてくれるから、武彪のことだけ考えていられるけど……、これを一人で全部やってるお母さんって、本当にすごい）

世のお母さんの苦労を思う度、尊敬と感謝の念が募る琥珀だが、それは櫻宮も同じらしい。一度武彪を連れて挨拶に行った時、まったくもってその通りだと深く頷いていた。

『親になって思うけれど、自分の親にしみじみ感謝するわ。それと同時に、自分もこの子にできる限りのことをしてあげたいと思うの』

武彪より二ヶ月早く生まれた皇子は、最近夜泣きが激しくて大変らしい。櫻宮は、母親は自分なのだからとなるべく女官任せにせず、一晩中抱っこしてあやしたりしていて、帝もよくそれに付き合ってくれているそうだ。

昼間ちゃんと日光を浴びせて、夜は暗く静かにするとよく寝てくれますよ、と話した琥珀に、櫻宮は早速やってみると言っていた。

（帝と櫻宮様がゆっくり寝られるといいけど……）

生まれてすぐは昼夜問わず、二、三時間おきに起きては泣いていた武彪だが、ここ最近は毎日昼間に屋敷の庭で日光浴したり、神獣たちにあやされて笑ったりしているおかげで、夜はぐっすり眠ってくれている。特に今日はフウとライにたくさん構ってもらえてご機嫌だったので、きっと朝までこのまま大人しく寝てくれるだろう。

「……うん、やっぱり今日頼んでよかった」

琥珀が呟いたその時、背後からそっと声がかけられる。

「なにを頼んだんだ？」

「あ……、高彪さん」

振り仰いだ琥珀に歩み寄ってきた高彪は、白虎の獣人姿で、ゆったりとした浴衣《ゆかた》に綿入りの半纏《はんてん》を着ている。夕食後に武彪をお風呂に入れた高彪は、明日から連休ということもあって持ち帰りの仕事があったようで、寝る前に片づけてしまうと書斎に行っていたのだ。

「お疲れ様でした、お仕事は終わりましたか？」

「ああ、これで明日からゆっくり君と武彪と過ごせる。……なんだ、武彪はもう寝てしまったのか」

少し残念そうに言った高彪が、息子の額にくちづける。すうすう眠る武彪は、一瞬むむ、と眉を寄せ、丸い虎耳をぴぴっと振ったものの、そのまま健やかな寝息を立て続けていた。

優しく目を細めた高彪が、静かに言う。

「よく寝ている……。これは、朝までぐっすりだろうな」

「はい、そのつもりで頼んだんです」

「ん？　そのつもり？」

「……えっと」

高彪に問い返され、説明しようとした琥珀が頬に朱を上らせたその時、コンコンと部屋のドアが控えめにノックされる。すぐにドアを開けに行った高彪が、廊下にいた桔梗を見て首を傾げた。

「桔梗？　なにかあったか？」

「はい、武彪様をお預かりしに」

ふふ、と微笑んだ桔梗が、失礼します、と琥珀のもとに歩み寄ってくる。琥珀は桔梗にそっと武彪を託した。

「それじゃ、お願いします、桔梗さん」

「ええ、お任せ下さい。明日のご朝食はいつもより遅めにご用意する予定ですので」

「……お願いします」

赤い顔で頷いた琥珀に、桔梗がにっこり笑って去っていく。ドアをお願いします、と桔梗に頼まれた高彪が、言われるがままドアを閉めて琥珀を振り返った。

「琥珀、よかったのか？　武彪が……」

普段、武彪は夫婦の寝室と間続きの部屋で寝かせている。あのまま寝かせなくてよかったのかと当惑する高彪に、琥珀ははにかんで答えた。

「……僕が頼んだんです」

「…………」

揺り椅子から立ち上がって、琥珀は高彪のもとに歩み寄る。当惑して立ち尽くす獣人の大きな手をそっと取って、琥珀は少し照れながら告げた。

「その……、琥太郎に早く会いたいなって思って」

「予知だともう少し先だったけど、僕としては武彪に早く兄弟ができてもいいかなって。……どう、ですか？」

高彪は琥珀が武彪を身ごもってからはもちろん、産んだ後も琥珀の体を気遣って、閨《ねや》でも軽く触れるくらいしかしてこなかった。

その分、惜しみなく言葉で想いを伝えてくれているし、頻繁に抱きしめたりくちづけたりしてくれているが、男盛りの彼が相当我慢していることは疑いない。

(僕も、それだけだとちょっと、高彪さんが足りないし……)

赤い顔で懸命にお誘いしてみた琥珀をまじまじと見つめて、高彪がぎこちなく問いかけてくる。

「……もしかして、その為に武彪を桔梗に預けたのか？」

「は、はい。あ……、でも、高彪さんがお疲れなら、ゆっくりお話しするだけでも、もちろん……！」

できたらしたいな、とは思うけれど、一番の目的は夫婦二人きりの時間を過ごすことだ。

そんなことの為に大事な息子を預けたのかと呆れられてしまうだろうか。それとも、疲れているからすぐに寝たいだろうかと思った琥珀だったが、そんな心配はもちろん杞憂《きゆう》だった。

「……悪いが、話をするだけじゃ足りない」

琥珀の手をそっと握り返した高彪が、身を屈めてくちづけてくる。幾度も琥珀の唇を優しく塞ぎながら、高彪は問いかけてきた。

「ん……、琥珀、本当にいいのか？　今夜は最後まで、君を抱いても？」

「は、はい。……高彪さんが、嫌じゃなければ」

「俺が君を欲しくなくなることなんて、天地が引っくり返ってもないだろうな」

ふっと笑った高彪が、琥珀を横抱きにする。危なげない足取りで寝台へと向かいながら、高彪は一つ一つ、琥珀に確認してきた。

「体調は？　どこか少しでも違和感があれば、先に教えておいてくれ」

「な、ないです」

「触れてほしくない場所は？　もしあるなら、遠慮せず言ってほしい。君の嫌なことはなに一つしたくない」

「えっと……」

敷布団の上にそっと降ろされて、琥珀は少し逡巡しつつ告げた。

「全部、触ってほしいです。高彪さんにされて嫌なことは、一つもないです」

「……まったく、君は」

琥珀の答えを聞いた高彪が、一瞬目を瞠った後、ぎゅっと琥珀を抱きしめる。

到底腕が回りきらない厚い、逞《たくま》しい背を、精一杯腕を伸ばしてぎゅっと抱きしめ返した琥珀に、高彪が苦笑混じりに囁いた。

「君が愛おしすぎて、どうにかなりそうだ」

「……僕もです」

こんな雰囲気は久しぶりで、心臓が怖いくらいドキドキしているし、緊張もしている。でも、決して嫌じゃないし、もっと高彪とくっついていたい。

高彪の心臓も同じくらい早鐘を打っているのが伝わってきて、琥珀はくすくす笑った。

「お揃いですね」

「ああ、そうだな。……愛している、琥珀」

溢れんばかりの想いを滲ませた金色の瞳が、じっと自分を見つめてくる。

優しくて甘いのにどこまでも熱い、強い視線をしっかりと受けとめて、琥珀も同じ想いを返した。

「僕も愛しています、高彪さん。……大好きです」

琥珀、と目を細めた高彪が、そっと顔を寄せてくる。人間のそれとは違う、やわらかな被毛が触れるくちづけに夢中で応えながら、琥珀は浴衣の内側に手を差し入れて、高彪の肩や腕を撫でた。

「ん……、んん……」

極上の天鵞絨《ビロード》のようななめらかな被毛に覆われた、しなやかで逞しい筋肉に触れていると、それだけで体の芯に火が灯ってしまう。

大きな舌にさりさりと舌を全部舐められながら、浴衣の上から体のあちこちを撫でられ、固い爪でカリカリと引っ掻かれて、琥珀は思わずぎゅっと腿を閉じて熱い吐息を零した。

今からこの人に抱かれるのだ、愛されるのだと思うと、嬉しくて、早く触れてほしくて、甘い疼《うず》きが込み上げてくる。忘れかけていたその疼きは、久しぶりの体には強烈で、もっともっとと逸る心が抑えられない。

もっと、高彪に触れたい。

もっと、高彪に触ってほしい。

「高彪さ……、んん、はや、く……っ」

布一枚隔てているのももどかしくて、懸命に高彪の浴衣を脱がせようとする琥珀に、高彪がふっと笑みを零して言う。

「そう焦るな、琥珀。久しぶりなんだから、ゆっくり君を愛させてくれ」

「ん……、でも……っ」

自分は早く高彪が欲しいのに、高彪は違うのだろうか。

思わずなじるような視線で見上げた琥珀に、高彪が笑みを深めて言う。

「俺だって、早く君が欲しい。だが、この時間も楽しみたいし、君の頭を俺でいっぱいにしたい」

「も……、もう、なってます」

もう十分、高彪で頭がいっぱいだと訴えた琥珀だが、高彪は琥珀の手を取ると、咎めるようにやわらかく牙を立てて言う。

「……まだだ。もっと、俺のことしか考えられなくなってくれ、琥珀。俺が君のことしか考えられないのと、同じくらいに」

蜂蜜色の瞳を欲情に光らせた高彪が、琥珀の手の平に鼻先を埋めるようにしてくちづける。次いで、指を全部搦《から》め捕《と》るやり方で琥珀の両手を繋いだ高彪は、そのまま琥珀の手をそっと優しく敷布団に押しつけた。

「た……、高彪さ……、ん……っ」

身動きが取れなくなって戸惑う琥珀をじっと見つめながら、高彪が琥珀の胸元に鼻先を潜り込ませる。そのまま鼻先で浴衣を掻き分けながら、露《あらわ》になった肌を啄《ついば》まれ、やわらかな被毛でくすぐられて、琥珀はぎゅうっと高彪の手を握り返した。

「ん……っ、んん……、は……っ」

ざらりとした大きな舌が、期待に尖った胸の先をわざと避けて、何度も熱い軌道を描く。とろとろと、とろ火でゆっくり煮つめられるみたいな愛撫がもどかしいのに、焦らされていると思うと余計に体が熱くなってしまって、まだほとんど触れられていないそこがどんどん蕩けて、濡れてしまう。

「高彪、さん……っ、そこ……」

「ん……、もう少し、……な？」

触って、舐めて、と疼く胸を突き出してねだった琥珀だが、スッと目を細めた高彪はなだめるようにそう言うなり、そのすぐそばをさらりと舐め上げる。熱い舌に生えた小さな棘《とげ》がほんの少し、チクリとかすめて、琥珀はびくんっと過敏に身を震わせた。

「んぅ……っ！」

わざと焦らすなんてひどいと思うのに、普段優しすぎるぐらい優しい高彪の珍しい意地悪にドキドキしてしまう。

高彪のこんな一面を、雄としての彼を知っているのは自分だけだと思うと、心臓がぎゅうっと締めつけられるような心地がする——。

「……琥珀」

両手をやんわりと敷布に押しつけられて拘束されたまま、抵抗もせず高彪の意地悪を受け入れ、焦れったさに身を焦《こ》がし続けている琥珀に、高彪が苦笑を零す。

「俺にこんなことをされているのに、そんなに甘い匂いをさせて……。そんなことだと、俺がますます図に乗ってしまうだろう」

「んっ、あぁあ……！　んー……っ！」

言うなり、高彪が琥珀の尖りきった乳首をざらりと舐め上げる。待ち焦がれた場所に待ち焦がれた愛撫を施されて、琥珀はぎゅうっと高彪の手を握って身を震わせた。

「ふ、あ、あ……っ、んんんっ、高彪、さ……っ、それ……っ」

「ん……、こう、か？」

ふっと微笑んだ高彪が、伸ばした舌先でざりんっと舐め上げる。繋いでいた手を片方解いた彼は、一方の乳首を指の腹でくすぐるように撫でながら、もう一方をさりさりと幾度も舌で舐めねぶった。

「ん、は……っ、それ、気持ち、い……っ、あん、んんっ、もっと……、もっと、して……っ」

高彪と繋いだ手をきゅ、きゅっと握りながら、琥珀は感じるままに声を上げてねだる。

琥珀の痴態《ちたい》に、高彪が熱く濡れた吐息を零した。

「本当に君は、可愛すぎないか……？　すっかりねだり上手になって、責任を感じるな」

気持ちいいことも、してほしいことも、全部口に出すように教え込んだことを言っているのだろう。

琥珀は残りの手も解くと、困り顔の高彪に抱きつき、その鼻先にちゅっとくちづけを贈って言った。

「でも、高彪さんがちゃんと責任を取ってくれるんでしょう？」

悪戯っぽく笑った琥珀に、高彪が一瞬目を瞠った後、苦笑して言う。

「ああ、もちろん。喜んで責任を取らせてもらう」

「ふふ、……んっ、んん……」

微笑んだ琥珀に、高彪がくちづけてくる。大きな舌に口の中を全部舐められながら、つるつるの爪で両の胸の先をこりこりと転がされて、琥珀は心地いい快楽にとろんと瞳を蕩けさせた。

そこが感じることも、こんなに淫らなくちづけの仕方も、我慢せずに声を出すことも、全部全部、高彪が教えてくれた。高彪とだから、なにもかも気持ちいいし、もっともっとしたいと思う――。

「あ、んっ、ん……っ、高彪さ……、こっち……、こっちも、して……?」

中途半端に脱げかけた浴衣にじんわりと染みを作っているそこを、すりすりと高彪の腿に擦りつけて、琥珀は懸命に自分の雄を誘う。

「さっき、お風呂で全部……、後ろもちゃんと、綺麗にしてきたから……」

「……っ」

「高彪さんに、いっぱい気持ちよくしてほし……、っ、あ……！」

恥ずかしさを堪えて、抱かれる為に準備してきたことを告げた琥珀だったが、皆まで言い終えるより早く、高彪にぐいっと両足を大きく押し開かれる。

下着をつけていないせいですぐにむき出しになった花茎を、ざらりとした舌で一息に舐め上げられて、琥珀は甘い悲鳴を上げた。

「ひぅあ……っ、あぁあああんっ！」

「っ、嫌というほど悦《よ》くしてやる……！」

グルルッと低く唸った獣が、琥珀の未成熟な性器を舐め回す。人間のものより大きく、力強い舌にざりざりと舐められる度、張りつめたそれが頼りなく揺れて、透明な蜜をぽたぽた撒《ま》き散らす。

下腹に落ちてくるその一滴一滴にすら肌が粟立《あわだ》つような快感を覚えて、琥珀は浮いた爪先をきゅうっと丸めた。

「あっあっあ……っ、は……っ、あー……！」

大きな手で若茎を扱《しご》き立てながら、高彪が根元の膨らみに甘く歯を立てる。白虎の立派な牙で、男の大切な部分を甘噛みされて、琥珀はあまりの快感にくらくらと強い目眩を感じてしまった。

そんなところに牙を立てられて、本当なら恐怖しか感じないはずなのに、食い込む固い牙が気持ちよくてたまらない。高彪にならなにをされてもいい、なんでもされたいと思ってしまう。

高彪になら、この人になら、いっそ全部食べられてしまいたい——。

「あ、ん、んん……っ、高彪さ……っ」

快楽と想いに素直な体が、番《つがい》を誘うようにひくひくと収縮する。琥珀の蜜袋を大きな舌で押し潰すようにひと舐めした高彪は、両手であわいを押し広げるとうっとりと目を細めて呟いた。

「……相変わらず、君のここは綺麗で可愛い」

「や……」

そんなところをそんなふうに評さないでほしいのに、高彪はひくつくそこに幾度もくちづけながらなおも囁く。

「久しぶりだから、よく慣らさないとな。君のここが、ちゃんと俺を思い出してくれるように……」

「あ……！　んんっ、ん……！」

言うなり、濡れた熱い舌先が花弁をかすめる。しばらくちろちろと周囲を舐めくすぐった後、高彪はたっぷりと蜜を湛《たた》えた舌で本格的に花襞《はなひだ》を舐め溶かしにかかった。

「は、あ、んん、ん……、ん……っ」

好きだ、愛している、可愛い、愛おしいと、言葉がなくとも高彪の思っていることが伝わってくる情熱的な愛撫に、琥珀は身も心もすぐにとろとろにされてしまう。

さりさりと入り口を優しくくすぐっていた舌が、だんだん中に、深くに入ってくるのが恥ずかしくて、でも気持ちよくてたまらない。もっと、と思った途端、ぐっと奥まで潜り込んできた舌に敏感な内側を思う様舐め上げられて、琥珀はきゅうっと身を縮めて悶《もだ》えた。

「ふああ……っ、んー……っ」

「ん……」

ふ、と笑み混じりの熱い息を零した高彪が、一層深くまで舌を押し込んでくる。太くて長い、熱い舌は、すぐに一番敏感な膨らみを探り当て、くりくりとそこを愛《め》で始めた。

「んっ、あっ、あん、んんっ、きもち、い……っ、高彪さ……っ、あ、あ……っ」

きゅ、きゅっと高彪の舌を絞めつけて喘ぐ琥珀の花茎をくちゅくちゅと擦り立てながら、高彪がさりさりと前立腺を舐めくすぐる。ぷっくりと膨らんだそこを舌先で優しく押し潰される度、甘い電流のような快感が指先まで走り抜けて、琥珀はひくひくと淫らに内腿を震わせた。

「と、けちゃ……っ、とけちゃ、う……」

じゅぷ、じゅぷっとあられもない音を立てて犯されているそこは、もうすっかり熱く蕩けて、雄を迎え入れる準備が整っている。

とろりと内壁を伝い落ちてくる蜜に奥までたっぷり濡らされ、もどかしい疼きを植えつけられて、琥珀は懸命に番を呼んだ。

「高彪さ……っ、高彪、さん……っ、もう……！」

「……ん……」

琥珀の声に滲む切羽詰《せっぱつ》まった響きに、高彪がぬるりと舌を引き抜く。

くったりと手足の力を抜き、荒い息を零す己の伴侶に愛おしげに目を細めた高彪は、乱れた浴衣を脱ぐ間も惜しむように砲身を取り出すと、その切っ先をぴたりとあてがって琥珀に覆い被さった。

ふうと大きく息をつき、万感の思いがこもった声で唸る。

「……やっと、君を抱ける」

「ん……、ふふ、今までずっと待っていてくれて、ありがとうございました」

琥珀は手を伸ばすと、自分よりずっと大きな白虎を抱きしめ、くちづけた。

逞しいその腰に、するりと足を絡めてねだる。

「今まで我慢してくれてた分、いっぱい抱いて下さい。僕でいっぱい、気持ちよくなって……」

「……っ、琥珀……」

呻いた高彪が、金色の瞳を欲情に濡れ光らせる。グルル、と獣の唸りを発した彼は、己の唯一の鞘にゆっくりと雄刀を納めていった。

蕩けた隘路《あいろ》が雄の形に、愛しい熱の形に開かれていく快楽を、琥珀は高彪に縋《すが》りついて懸命に受けとめる。

「は、あ……っ、あ、あ、あ……！」

「琥珀……っ、もう、少し……！」

ああ、と艶めいた吐息を零した高彪が、琥珀をしっかりと抱きしめたまま、ぐうっと背を反らして腰を密着させる。やわらかな被毛に全身を包み込まれたまま、奥の奥まで貫かれて、琥珀はとろんと瞳を濡らした。

「んんん……！　ああ、ん、ん……っ、これ……、これ、すごい……」

冬仕様の高彪の被毛が肌をくすぐって、まるで指先まで優しく愛撫されているみたいだ。尖った胸の先も、張りつめた花茎もなにもかも、ふかふかでなめらかな極上の被毛に包み込まれて、どこもかしこもうっとりするくらい心地いい。

一番気持ちいい場所を、腰を密着させたままぐぐっと突き上げられ、白銀の美しい被毛で全身をくまなく愛されて、琥珀はたちまち快楽の虜《とりこ》になってしまった。

「あっあっあ……っ、高彪、さ……っ、駄目……、これ、気持ちよすぎて、駄目ぇ……っ」

「ん……、駄目になっていい。俺も、君の中が悦すぎて、腰がとまらない……」

は……、と熱い息を零した高彪が、琥珀を抱きしめたままグルル……、と喉を鳴らす。

「琥珀……、ん、琥珀、愛している……」

「高彪さ……、んん、ん、あ、あ、あ……！」

僕も、と返したいのに、唇を幾度も啄まれながらねっとりとした腰遣いで奥を探られるともう、意味のある言葉を紡げなくなってしまう。

狭いそこを優しく押し開かれ、長さを教え込むようにゆっくり腰を送り込まれながら甘く舌を嚙まれて、琥珀は目の前の逞しい獣人に縋りついた。

「あんっ、あ、や……っ、それ、あぁあっ」

尖った胸の先をくりくり押し潰されながら、張りつめきった雁首《かりくび》にやわらかな内壁をくちゅくちゅと可愛がられると、気持ちがよくて気持ちがよくて、とろとろとはしたない蜜が溢れてしまう。


彼の美しい被毛を汚してしまうのが恥ずかしくて、だめ、だめ、とぎゅっと目を閉じて頭を振るのに、琥珀の匂いを嗅いだ高彪は嬉しそうにグルグルと喉を鳴らして囁いてくる。

「ん……、駄目じゃないだろう、琥珀？　俺にもっと、君の匂いをつけてくれ」

「や……っ、あ、あぁあっ」

絡みついてきた大きな手にぬちぬちとそこを扱き立てられて、琥珀はびくびくっと身を震わせて一層濃い愛蜜を滴《したた》らせた。

匂いで全部見透かされているのが恥ずかしいのに、高彪だからその恥ずかしさも快感に変わってしまう。

高彪に自分の匂いをつけるなんて、考えただけで背徳感でくらくらするのに、彼に匂いをつけたいし、自分に匂いをつけられたいと思ってしまう。

自分の身も心も、もうとっくに全部彼のものだけれど、何度だって自分の全部をあげたいし、彼の全

部を受けとめたい――。

「た、かとらさ……っ、あ、あっ、んんん……！　そこ……っ、そこに、匂い、つけて……っ」

「……っ、ああ、ここ、だな……！」

「あぁあああ……！」

逃がさないとばかりに上からしっかりと押さえ込まれ、逞しい熱茎でぐりぐりと前立腺を押し潰されて、琥珀はきゅうっと爪先を丸めて感じ入った。唸り声を上げ、ぬめる先走りを念入りになすりつける獣を抱きしめて、番が雄の本能を存分に満たせるよう、自分から腰を擦りつける。

けれど、高彪にも気持ちよくなってほしい、感じてほしいと思えば思うほど、きゅんきゅんと淫らに疼く蜜路が太い雄を絞めつけ、快感を拾い上げてしまう。

自分が気持ちよくなりたいのか、彼を感じさせたいのかもう分からなくて、琥珀は高彪にしがみついたまま、感じるままに腰を揺らし、声を濡らした。

「あん……っ、あっ、あんっ、あっあっあ……っ、高彪、さん……っ、気持ち、い……っ」

「ああ、俺もだ……っ、俺も、悦い……！」

熱に浮かされたような声で快楽を伝え、微笑んだ高彪が、琥珀を抱きしめて深くまで雄杭を打ちつけてくる。

「好きだ……、好きだ、琥珀。愛してる……！」

「ぼ、くも……っ、僕も……っ、んんん……っ！」

猛る熱塊に全部を満たされ、激しくくちづけられながら奥の奥まで高彪だけのものにされて、琥珀は真っ白な快楽にすべてを投げ出した。

「高彪さ……っ、あぁあああ……！」

「琥珀……っ、く……っ」

きゅううっときつく雄を絞めつけて達する琥珀に、高彪が息を詰める。びくびくっと絶頂に震える琥珀を抱きしめたまま力強くぶるりと胴震いした高彪は、己の番の奥深くで熱蜜を弾けさせた。

「あ……っ、あ、あ、あ……！」

目を瞠り、甘い悲鳴を上げる琥珀にグルル、と低く喉を鳴らした高彪が、ぐ、ぐっと腰を送り込み、濃厚な雄蜜をたっぷり注ぎ込む。

びゅる、びゅうっと隘路に灼熱を打ちつけられる度、琥珀の唇からあえかな艶声が零れ落ちた。

「んん……、ぁん、ん……、あぅん……」

「……琥珀」

さり、と唇を舐める白虎に、琥珀は快楽に潤んだ目で微笑みかけた。

「……愛しています、高彪さん」

「ああ、……俺も、愛している」

「ん……」

溢れるほどに満たされた愛にそっと目を閉じて、琥珀は愛しい獣にくちづけを贈ったのだった。

◇

——穏やかな秋風が、そよそよと前髪を揺らしている。

「んん……」

瞼の裏に感じる眩しい光に、琥太郎はぎゅっと顔をしかめて目を瞑った。そっと薄目を開けてみると、縁側で一緒に寝ていたらしいフウとライが、くあぁ、とあくびをしながら伸びをしている。

小首を傾げ、きゅるりとその瞳を不思議な虹色に輝かせた仔虎たちにフンフンと顔を覗き込まれて、琥太郎はくるりと向こうを向いた。

遊ぼうよと誘われているのは分かったけれど、まだ起きたくない。

もう少しこのまま、微睡《まどろ》んでいたい——。

「琥太郎、そろそろ八つ時だぞ」

頭上から振ってくる低く優しい声の主は、琥太郎の自慢の父上だ。時に厳しく叱られることもあるけれど、いつも琥太郎を見守ってくれている、強くてカッコいい、大好きな父上。

縁側に寝ころび、父の膝枕で昼寝をしていた琥太郎は、逞しい父の膝にしがみついて、いやいやと頭を振る。

おやつは食べたいけれど、父上のお膝にまだいたい。このままずっと、ずうっと夢の中にいたい。

だって、さっき見た夢の中には――。

「琥太郎、おやつだよ！　プリン食べよ！」

と、その時、廊下の奥から琥太郎の大事な『にぃに』がやってくる。

てっぺんにホイップクリームとさくらんぼが飾れたプリンをお盆に載せ、運んでくる白銀の獣人姿の兄、武彪をチラッと見やって、琥太郎はすぐにまた父の膝に顔を埋めた。

にぃにはずるい。琥太郎はまだうまくあの姿になれないのに、にぃには簡単に人間の姿にも、獣人の姿にもなってしまう。

コタだって、父上と同じ立派な獣人姿になりたいのに。

と、その時、ふわりと優しい香りがして、琥太郎の足元に誰かが腰を降ろす。

「琥太郎、まだ拗《す》ねてるの？」

やわらかい声でくすくすと笑いながら言うその人を振り返って、琥太郎は、あれ、と目を瞬かせた。

どうしてだろう。どうしてか、ついさっきまで、この人がどこか遠くにいるような気がしていた。

こんなに近くに、誰よりそばに、生まれる前からずっと、ずっと一緒にいる人なのに――。

戸惑う琥太郎をよそに、父上が一等甘い声でその人に答える。

「ああ、武彪と一緒に変身の練習をしていて、うまくいかなかったらしい」

「っ、ちがうもん！　コタ、うまく『じゅーじん』になれるもん！」

思わずパッと身を起こして父上に訴えた琥太郎だったが、その時、背後から伸びてきた手に抱き上げられる。

父上よりもほっそりとしてやわらかい、でも同じくらい居心地のいい膝の上に琥太郎を乗せたその人は、優しく琥太郎を抱きしめて言った。

「そっか。じゃあ今度はとと様にも琥太郎の獣人姿、見せてね」

微笑みかけてきたのは、琥太郎の大好きな『とと様』だった。先ほどの夢の中で会っていた時と変わらない、優しい優しい笑みに、琥太郎はもじもじと唇を尖らせて答える。

「……いいよ」

本当はまだうまく獣人姿にはなれないけれど、なれると言ってしまった手前、後に退けない。

大好きなとと様に嘘つきだと思われたくない一心で頷いた琥太郎に、とと様が穏やかに言う。

「うん、楽しみにしてるね。……でもね、琥太郎、焦らなくてもいいんだよ。琥太郎が父上や兄上みたいに強くて優しい子だってこと、僕はちゃんと知ってるからね」

「ああ。なにせ琥太郎は昔、俺の代わりにとと様を守ってくれたこともあるくらいだからな」

目を細めて頷いた父上に、琥太郎はパッと顔を輝かせた。

さっき見た夢と同じ話だ！

「あのね、コタね、とと様のこと、ちゃんと守ったんだよ！　おんりょうがね、とと様にバアッてしたから、ダメーッてしたの！」

「……ああ、『行ってきた』んだね、琥太郎」

琥太郎の言葉を聞くなり一瞬目を瞠ったとと様が、

嬉しそうに笑う。

「お帰り、琥太郎。あの時は本当にありがとう」

「俺からも礼を言わなければな。ありがとう、琥太郎。無事に戻ってきてくれてよかった」

お礼を言ったとと様と父上が、琥太郎のことをぎゅっと抱きしめてくれる。えへへ、と照れた琥太郎に、にぃにがきょとんと首を傾げた。

「琥太郎、どこか行ってたの？　怨霊って？」

「ふふ、武彪にも話してあげる」

微笑んだとと様が、おいで、とにぃにを呼ぶ。二人の間に座ったにぃにの頭を撫でながら、父上がゆっくりと語り始めた。

「琥太郎が生まれる前、武彪がまだ、とと様のお腹の中にいた時の話だ――」

高彪の声にピンと耳と尻尾を立てたフウとライが、顔を見合わせるなり、ミャウッ、ガウッと庭先で追いかけっこを始める。

あっという間にできあがった仔虎団子に、琥太郎はぴょんと庭に飛び降りて突進した。

「僕も！」

穏やかな秋の陽に、琥太郎の瞳がキラリと光る。

野性的な金色の輝きを帯びたその瞳は、彼の大好きなとと様と同じ名前の透き通った宝石――、琥珀のように、キラキラと煌めいていた。

後書き

　こんにちは、櫛野ゆいです。この度はお手に取って下さり、ありがとうございます。

　溺愛獣人大正浪漫第二弾、いかがでしたでしょうか。今回は、新婚夫婦となった二人のその後をお届けしてみました。

　今回お話を考えるにあたり真っ先に浮かんだのが、高彪さんそっくりの子供が現れて、高彪さんが浮気者呼ばわりされる、というくだりでした。とはいえ、琥珀はたとえどんなに疑わしくても高彪さんをなじったりしなそうなので、代わりに茜ちゃんに思いっきりなじってもらいました。高彪さんには悪いことをしましたが、書いていて大変楽しかったです。

　前巻では政略結婚から始まる恋を書きましたが、今回は二人がちゃんと夫婦になっていくお話だったかなと思います。特に琥珀は本当に成長してくれて、高彪さんの愛が琥珀を強くしたんだなと実感しながら書きました。二人ともいいお父さんになってくれそうなので、四人で末永く仲良く暮らしてほしいです。

　新登場の脇役は皆大好きなのですが、特にお気に入りなのはやはり櫻宮様です。可愛くて強くて優しくて、帝がメロメロになるのも納得ですよね。ちょっとくせ者な人が、純粋で芯のある恋人を溺愛するという関係がとても好きなので、こちらのご夫婦も楽しく書きました。イケオジな影彪さんの、気の強い美人な恋人も気になるので、彼らもいつか書ける機会があったらいいなと思っております。

最後になりますが、お礼を。まずはなによりも前巻を読んで下さり、二人のその後を読みたいとお声を届けて下さった方々、本当にありがとうございました。続編を出すのが難しい昨今、こうしてまた高彪と琥珀のお話を書けたのは、応援して下さった皆様のおかげです。少しでも恩返しになっていたらと願ってやみません。

挿し絵をご担当下さった笹原亜美先生、今回も素敵なイラストの数々をありがとうございました。特に表紙の神獣たちが可愛くて可愛くて、肉球ぷにぷにしたい……と身悶えました。ますます男振りが上がった高彪さんと、幸せいっぱいの琥珀をありがとうございました。

今回は二人がかりで進行して下さった担当様方も、ありがとうございました。ここのシーンが好きです、と挙げて下さった場面が気合いを入れて書いたところで、とても嬉しかったです。

最後までお読み下さった方も、ありがとうございました。一時でも楽しんでいただけたら幸いです。よろしければ是非ご感想もお聞かせ下さい。

それではまた、お目にかかれますように。

櫛野ゆい　拝

◆初出一覧◆

白虎と政略結婚 迷子の仔虎と新婚夫婦　　　／書き下ろし

ビーボーイノベルズをお買い上げいただきありがとうございます。
この本を読んでのご意見・ご感想をお待ちしております。

〒162-0825 東京都新宿区神楽坂6-46
ローベル神楽坂ビル4F
株式会社リブレ内 編集部

アンケート受付中
リブレ公式サイト https://libre-inc.co.jp
TOPページの「アンケート」からお入りください。

BBN B●BOY NOVELS

白虎と政略結婚 迷子の仔虎と新婚夫婦

2023年10月20日 第1刷発行

著者――――櫛野ゆい

発行者――――太田歳子

発行所――――株式会社リブレ

〒162-0825
東京都新宿区神楽坂6-46ローベル神楽坂ビル
営業 電話03(3235)7405 FAX 03(3235)0342
編集 電話03(3235)0317

印刷所――――株式会社光邦

定価はカバーに明記してあります。
乱丁・落丁本はおとりかえいたします。

Printed in Japan
ISBN978-4-7997-6448-0